兰溪步韵

程宝良 著

溪山道远，跬步无停。
解垢衣，料理春风。
细勘来路，自是亲逢。
回望千山，天地阔，正光明。

陕西新华出版
太白文艺出版社·西安

图书在版编目（CIP）数据

兰溪步韵 / 程宝良著． -- 西安：太白文艺出版社，2023.11
ISBN 978-7-5513-2529-5

Ⅰ．①兰… Ⅱ．①程… Ⅲ．①诗集－中国－当代 Ⅳ．① I227

中国国家版本馆CIP数据核字（2023）第232658号

兰溪步韵
LAN XI BU YUN

作　　者	程宝良
责任编辑	白　静
封面题字	荣卫杰
整体设计	百悦兰棠
出版发行	太白文艺出版社
经　　销	新华书店
印　　刷	河北朗祥印刷有限公司
开　　本	787mm×1092mm 1/16
字　　数	180千字
印　　张	15.5
版　　次	2023年11月第1版
印　　次	2024年1月第1次印刷
书　　号	ISBN 978-7-5513-2529-5
定　　价	68.00元

版权所有　翻印必究
如有印装质量问题，可寄出版社印制部调换
联系电话：029-81206800
出版社地址：西安市曲江新区登高路1388号（邮编：710061）
营销中心电话：029-87277748　029-87217872

序 一

程君宝良以诗集见示,展卷如清风拂面,尘嚣顿息。数日间吟咏怡游其中,不忍释卷。如作者所言:"诗者,本不贵精妙机巧,而求恰当于心物。"我很赞同此说。通观此集,协律或有可议,但发于心源,游乎自然,归于至情至性,如今已属鲜见。

举凡二百余篇,时跨三十余年,大致可分三段。早岁之作,间有生涩处,但其文其意,清气盈盈,略见通篇之基调。

蓬山之后,于清透中愈见华彩,"休把今愁推前事,漫说烦恼即菩提"之议论,"绰绰青山行不尽,声声欸乃漾天星"之实景,俱有可观;"敢蹈尧舜辈,谁人非圣贤""千万人往矣,是名真少年""谁言浮生梦,努力但向前"气壮声宏于兹少见,虽语句浅近,却是当时精神写照,现读来仍为之振奋。而《避暑终南》等篇中数联亦堪玩赏。

近三年来佳作涌现,语句工熟,气度雍容,随拈一篇即堪吟咏。我更喜《春日皇皇》《二〇二二年元旦感怀》数篇,盖有"君之所言,言我之言"之感慨。其余时见日间雅趣、生活气息,更觉生意盎然,为吾弟之安然燕乐而额庆焉!

程君于每篇前俱做小记,或记事,或抒怀,或议论,或言理,诗记对读,情理互彰。其《兰溪》《春日读书感怀》《立雪亭》《秋分》《七夕携家人坐望终南山色》《读〈阴符经〉》等记，足可独立成篇。此本集一大特色，继《桃花源》之余续也。二百余篇小记如遗珠碎玉，一线贯之，锦绣斑斓，数十年心路大略可见。

自古诗无达诂，作者自抒胸臆，而读者各有神会。全稿泰半寄情比兴于山水田园，我之浅见，程君意趋靖节而句近乐天。程君本职经济学教授，又属意孔孟、出入佛老，诗词只为遣兴怡情。但道德文章本来一体，德业日积，必显于文辞。君方盛年，若盛夏之望秋，累累垂垂硕果可期，假以年月必有名于诗林。

我与程君结交于二十世纪九十年代，二十五年间相互砥砺，声气相通，未曾因时空而间隔。读斯文，如睹斯人，君之待人谦和端谨，近之若为其所化，概诚于中而化于外也。

我不知诗，自诩知程君其人，故不揣浅陋为之序云。

刘亦雄

癸卯年立秋于历下

序 二

程兄宝良笃学好古，儒释道皆有师承，加之喜好诗词格律，遂处处留意，抒情言志，感事悟理，点滴积累成此《兰溪步韵》（以下称《兰韵》）。"兰溪"，斋号也，尤指心之安顿处（见《兰溪》）；"步韵"，款款而行也，意谓诗意之进路；"兰溪步韵"，乃喻自省、内求之人生道途步步皆功夫。

《兰韵》凡佳句二百零五首，历经三十余载，其间社会变迁，世事沉浮，人人皆有"步韵"辗转。吾观兄之诗章，既见不曾改换之真情少年，亦见磨砺成长之大丈夫，又见功夫精进之修行者。然此背后，更见一生命之树，奋力根植传统厚壤，矢志接续文化脉动，盎盎生机，切切之思，笃笃之行，跃然纸上，浸润于字间，读来感动至深！兄隐于人海，自谓"凡夫小子"，《兰韵》"凡人之歌"饱含此种生命、使命力量，珍贵如斯哉，真实如斯哉！

兄乐山乐水，怀古追远，洱海湘畔，泰岱岳麓，终南胜迹，在《兰韵》也；兄亲近自然，察知细敏，春生夏长，风雨晴晦，鸟语蛙鸣，在《兰韵》也；兄自立进取，远避浮华，兰溪明志，学海问道，讲坛耕耘，在《兰韵》也；兄重亲情尊师道贵友谊，家人闲语，见信感怀，梦中故人，在《兰韵》也；兄心怀家国，祈愿复兴，建党百年，脱贫攻坚，民生国运，在《兰韵》也……凡此种种，穿插交织，或活泼泼，或寂寂然，或率性天真，或静渊深虑，或慷慨激昂，或闲洒淡泊，文辞变幻、平仄起伏间，串起丰富而质朴之诗意人生。

吾与兄同年，亦为挚友，平日与兄交谈总觉春风有韵和，慧思伴诗行，所学所悟，令吾受益匪浅。今读《兰韵》，若与兄同坐书斋，听其步韵娓娓唱来，见诗见人，见人见诗，如临其境也！

兄敦厚温良，诚敬谦和，尝谓余："一生唯愿做读书人。"又谓："修行无他，只是做人。"言似平淡，然以兄之为人，不渝为真学，一生为真人，何其难矣！吾然后知兄胸怀超越之志，心向彼岸世界。今读《兰韵》，更知兄之彼岸即在此岸，兄之超越即在天地自然，在世事人伦，在道德文章。

《易传·系辞上》云："同心之言，其臭如兰。"读者朋友若有缘执此《兰韵》，愿有所共鸣，有所共情，继而有所践履，共同开掘传统文化之源头活水，抚育涵养中国人之生命大树！

读来感而慨，为序起波澜。附五言一首，与诗者、同心同志者共进共勉：

星瀚观灿烂，山河问不朽。

俯仰叩中道，两行泪垂流。

坎途多磨砺，人生几春秋。

横渠四句歌，尧舜自可求。

缐　文

癸卯年仲夏于雁塔畔

序 三

遥想当年，共聚一堂，谈天说地，何其快哉！弹指间，各赴西东。君绝尘而去，我已隐入烟尘，曾记否"言犹未尽罢笔，他日彻夜再谈"。不觉间，万里长城今犹在，轻舟已过万重山。正年少，挥斥方遒，金戈铁马；现如今，一蓑烟雨，两鬓华发。君诗稿辑成，嘱我为序，不禁感慨万千。

诗言志，歌咏言。君自幼好文，博览群书，遍访名山，结交高士。昔日出孟津，入长安，负笈求学；旋又渡重洋，至北美，访学而归。后入师大，料理春风，栽培桃李。闲暇之余，笔耕不辍，诗如其人，有魏晋之遗风，得山水之灵秀，崇人文之情怀，通古今之观照。

诗集以时为序，咏岁月之悠远，颂山水之秀丽，发人生之豪情，记时代之变迁。泉涌而出，信手拈来。壮志雄心之"英雄固世在，时势安可抑"，砥砺前行之"谁言浮生梦，努力但向前"；天生我辈之"敢蹈舜尧辈，谁人非圣贤"，共聚一堂之"共与豪杰晏四海，凌烟阁上镌丹青"；读正史之"何必举尧舜，推仁即昊天"，踏远足之"空翠麻衣润，岭云芒履轻"；情谊重之"人间多少冷暖事，最是难得一片心"，赤子怀之"万里家国外，凭君望故乡"；爱家国之"寰球拭目谁能此？壮志豪情为国轩"，重师德之"青春无悔育桃李，红烛常添绽华光"；阅古籍之"慧光普耀无内外，翠柏拥护镇樊川";会高士之"何须尘外仰天高?欢宴众士豪"……

一段往事回忆,一缕岁月时光,一腔壮志情怀,一曲流水高山:

对酒当歌,人生几何?诗以咏志,词寄山河。

碧水长烟,星汉寥廓。击节之余,惶恐以和。

季行军

癸卯年七月于鄠邑

序 四

认识程老师是件幸运的事情，否则我真不知道中华优秀传统文化在一个人身上打下深深烙印后，这个人将是怎样的美好！这种美好，真还不是我能够用语言形容的。好在，程老师写诗作文，透过他的诗文，或许可以管中窥豹、略识其韵。

程老师在序中写道："余少喜文，家中仅有《古文观止》《唐人绝句》，几翻破。"家里有这两本书就可以让一个儿童深谙读书之妙，时时翻阅，乃至"翻破"。或许正是这样的阅读经历，让中华绝章在不知不觉中进入血脉和骨髓，助其在少年时代便养成宽广的胸怀，追求生命之高洁。

让我们回想那个十七岁的少年。那年高考结束，他夜半独步写下这样的文字："读《古文观止》，古人体天心，参造化。或云，率性为道。又云，诚则明，明则诚。诚明之学，余倾心不已，不知何处可学。寄心来日，或可际遇。"可见"率性之道""诚明之学"已然成为他的内心追求。因为有了这份追求，他"心踏实地，自有无穷力量，如春阳和煦，遍充四野"。因为有了这份追求，他内心踏实笃定，乐从中来、击节明志，"其如是乎？如是之美，倾心为之，不我过也！不我负也"。十七岁的他，挥笔写下"子夜望天心，银河气象浑。乾坤谁造化？率性满怀春"的豪迈诗句。

今天，我读着这样的诗句，仿佛看到程老师率真赤诚的模样。也就明白了正是他的真心待人、率性洒脱，让每一个走近他的人都感受到生命和生活的美好，那是"诚则明，明则诚"的通透、澄澈，如"春阳和煦"般的美好。

少年好立志，但大多数人且行且忘却。程老师不然，内心对"诚则明，明则诚"的追求从未消歇。从十七岁少年走到中年，程老师与友人畅聊时依然豪迈，"人生百年，于宇宙亦为一瞬耳。当放手一搏，秣勤奋之战马，提智慧之宝剑，逐志同之豪杰，唱本我之大风。如此，方不枉为人一世矣"，兴之所至，挥毫留诗"丈夫立志唱大风，提剑秣马逐英雄。共与豪杰晏四海，凌烟阁上镌丹青"。如此气势比之年少时有增无减。少年立志，一以贯之，实属难能可贵！

程老师家学渊源。"外祖父家上河图，王姓大族，世奉黄老，善中医布气之术。余本不知道家，至此甚奇之。"道家的种子早已经在不知不觉间播种在少年的生命中，以至于"读初中，距家十余里，同学多食宿于学校，唯余日三往返，雨雪莫阻。非不惮劳，乐其途中与天地万物相亲也。佳句道理每在其中，偶有会意，妙不可言"。与天地相亲的道家思想为程老师打下宁静淡泊的生命底色。高考后的那个黄昏，他来到高中校园，"独坐教务处前连椅上，斜晖默默，唯老椿数株"，他本是重情之人，同学离别之际，感怀"多少情景难再，无限情愫难言，一瞬万年，茫然失却内外"。但当"凉风时届""鹊鸣于菊圃"时，则又"万缘释怀，顿觉休歇，心绪超然"，一句"别君无所赠，碧玉菊花枝"，道尽万千眷恋和无限惆怅。读到这样的诗句，我便明了，每一个走近程老师的人所感受到的那份轻松愉悦，源自他内心的那份从容和淡然。他待人倾情，事事关心，却从不挂怀纠结，他没有杜甫的忧郁，没有李白的傲狂，有的是中正虚怀。因为如此，后来在洱海边遇地震的时候，他才有"苍山有奇云，地晃之时，更觉绮丽"的感受，才会写出"云开山气静，风住镜波清。最是天心月，与吾一路明"和"湿蒸仲夏夜，暴澍黎明天。暑气狂飙破，雨声助我眠"的佳句。境界在斯，与天地和畅，时时如沐春风。

机遇总是在转角等待有准备的人。程老师一生多次遇见他生命中的贵人，"读大学，幸遇廉贞先生，悯余痴，课外授以汉魏六朝古诗及唐律"。好先生遇见好学生，如获至宝，便会倾尽自己所有去给予学生，这是对文化的尊重、对人才的爱惜。可以说，廉贞先生进一步厚植了程老师的文化根基。后又遇"杏林长者明公，文辞健者，妙手拈来，随意成文，心与物皆洽然，而韵律自在其中。公得佳句，则奏琴，歌于明月之下、松竹之间，望之谪仙也"，在纷繁嘈杂的人世间竟然能够遇见如此神奇之人，可能这是命运对程老师的偏爱和厚爱。在良师的指点和栽培下，道家和儒家风范在程老师身上渐渐凸显。

回看程老师的人生经历，二十世纪末至本世纪初大概十年时间，是他刚走入职场的阶段，经历了各种不适、变迁、迷茫和坎坷。这段时间，他遇见了佛家。基于他厚实的儒道文化底蕴，他直抵佛学核心要义，写下了"秋月溶溶照翠岩，潮音在在醒枯禅。慈悲何曾有他处，敬业乐群孝慈严"的诗句，将佛不在他处、佛是慈悲是敬业乐群是不假他求，说得明明白白。

也正是这段时间的磨砺，他的文化体系得以整合，思想体系日渐成熟。当时，工作和生活环境虽简陋，他却构建了自己的内心世界"兰溪斋"，作《兰溪斋记》，描述自己："隐不在山林，隐在吾心。其郁郁称隐者，何如济济红尘？谦不在苟攀，谦在躬怀。其孜孜务谦者，何如拳拳挚诚？知者隐，帷幄华堂而不失隐。达者谦,岸崖高峻而不失谦。显而常寂,用而恒安,岂非谦隐欤?"表达了他如同陶渊明"结庐在人境,而无车马喧。问君何能尔?心远地自偏"的人生境界。

在不断地追问求索中,程老师确立了儒释道一体的中华文化观,借重阳真人之口,他表达了"儒门释户道相通,三教从来一祖风""秉儒家诚明、道家玄德、佛家智觉,倡性命全真,赓续道统,培养光华"的观点,游览鄠邑重阳万寿宫写下"南山雪霁群峰秀,初日光曦万象欣。道取甘河一脉润,诀留秘篆几人忖"等充满哲学思辨发人深省的诗句。

程老师在文化思想成熟道路上的奇遇固然可羡,可我以为他最美的遇见是他亲爱的妻子。他写道:"忆与内子初识,春日好游,长安山水辄遍。内子好《诗经》,遇好景,则高声歌唱。必自拟曲调,而节韵皆中。若兴至,则舞蹈,无不欢畅。韶华相伴,而今其有彼此哉!高山流水,柴米油盐,教女灯下,膺职人前。"世间自诩文人墨客者很多,但这样一位"好《诗经》"的奇妙女子,实属难遇。一旦遇见,则琴瑟和鸣,相知相伴,如获至宝。程老师为爱妻写下多篇诗作以示感恩,亦留下许多携妻女同游山水的佳作,如"青纱碧袄扮红娇,欲语嫣然傍小桥。晓露晨曦添好色,涟漪曼舞楚宫腰""岭际霓霞焕,湖泽影像重。凉风来水榭,满袖藕香清"等,读来香气弥漫、美景立现。有爱妻娇女相伴的程老师是最幸福快乐的,写出的诗作也如曼妙的女子妩媚动人、引人入胜。

程老师率真洒脱,同时,也是重情之人,满怀热情地拥抱生活。他与朋友喝茶,"尘光歇跬步,玉盏住云烟。各饮杯中月,胸怀荡山岚"。他看到梅花便诗兴大发,写下了"春来有信发红萼,绕户清渠绿水多。旷野连山接雾色,平林带雾隐村郭"。下雪了,他忆及山中泥炉烹茶、环长者而听故事的乐趣，写下了"密雪入风疾，阶前霰粒匀。残荷枯盖覆，远浦暗波沉。重林闻断木，旷野少行人。山居安所乐，炉红满室春"。除夕夜守岁，他记录下"内子暖酒，对酌数杯，小女嘻嘻，互道祝福"。他豪放时，"开封倾玉酿，笑取大白浮"。雨中过长安大道，他写下了"细雨低飞燕，微风漾柳烟。云垂平野阔，道遇故人闲。翠色涤心目，溪声入涧渊。天开一线处，霁色照青峦"。观朋友墨宝，他赞叹"点若流星奔秋夜，撇如舞带解春风。金钩铁马寒刁斗，玉簪狼山勒战功。势透银帛韬重稳，危削华岳仙掌倾"。龙腾虎跃之势跃然纸上，程老师是发自内心欣赏朋友的书法，让我们透过文字看到了它的大气磅礴。

疫情期间，他积极做志愿者，虽然很辛苦，却充满必胜的信心，"江风会向征帆度，好雨常怀润物真。且与光阴搏一场，春风度予未耕人"。没有怨天尤人，没有焦躁郁闷，有的是"冰雪难寒上士心"，赤子之心可见！

二〇二三年元旦，疫情过后，他耳听得"爆竹声声，远近连绵"；看见"烟花朵朵，照彻天地"。不由得感慨并深情祝愿："这不正是人民真心的表白吗！今日元旦，衷心祝愿祖国繁荣昌盛、人民幸福安康！"并挥笔作诗："凭谁知岁月？远近爆竹声！水畔梅花瘦，山头大雪丰。人言观谞诺，世事阅峥嵘。朗月中空里，天光分外清。"程老师始终保持清醒，始终对人民和国家充满信心，拥有知识分子的良知和担当！

读程老师的诗文真乃一大快事，就像偶有机缘品着程老师的香茗和程老师谈天，一切都是那么通透、真切，丝毫没有弄魑舞魅，那份快意，正与兰溪斋茶香相宜。

我观程老师高山仰止！程老师的诗集出版之际，岂敢作序，我斗胆谈谈自己的感想，浅薄之处，万望程老师和读者朋友海涵。

高居红

癸卯年九月于长安

自 序

余少喜文,家中仅有《古文观止》《唐人绝句》,几翻破。读初中,距家十余里,同学多食宿于学校,唯余日三往返,雨雪莫阻。非不惮劳,乐其途中与天地万物相亲也。佳句道理每在其中,偶有会意,妙不可言。读大学,幸遇廉贞先生,悯余痴,课外授以汉魏六朝古诗及唐律。余质顽愚,仅能效颦。后奔逐利场,灵源几壅矣。

一九九七年,觉有疾,养于蓬山。杏林长者明公,文辞健者,妙手拈来,随意成文,心与物皆洽然,而韵律自在其中。公得佳句,则奏琴,歌于明月之下、松竹之间,望之谪仙也。余因慕焉,乃拾旧好,借浚灵源,患疾渐除。所得之大,其文辞可拟也!

患解心安,舌耕于长安。市井郊野,皆有典故。日处其中,仿佛与先贤情怀共。或履其迹,或参其文,感慨由之。小子无知,敢期圣解?后学勤恳,愿效步趋!于是,登秦岭而咏叹,临渭水以吟哦,以养灵源而归其渊。因于闲暇,漫涂成册。长者来视,责余曰:"是陋迹深藏耶?是明珠自是耶?独乐乐孰与众乐乐?盍早付梓,吾所盼也!"

余不敢自是深藏也,亦非不愿与众乐也,实以自省也。夫文字者,大道之枢机,圣人之功用,岂余能逮?唯借自省不壅灵源也。偶缘之作,无平仄、失律韵，固非诗也，以草橼茅茨之贫，乐天地自然之富尔。苟日新，日日新，又日新，其长者之所望余乎！

今辑为集，叙以砥砺也。

壬寅年八月既望于景仁轩

目 录

赠 别 / 01

夜半独步 / 02

与同学游万寿宫 / 03

二次与同学游龙门 / 04

雷 雨 / 05

青 苔 / 07

思 书 / 08

家 书 / 09

湘江东岸望岳麓山 / 10

毕业聚餐 / 11

过三峡 / 12

自 励 / 13

兰 溪 / 14

春 思 / 16

赋新竹 / 17

山 居 / 18

昼雪夜霁 / 19

天津桥上望月 / 21

旧 踪 / 22

贺海棠诗社周岁 / 23

登龙门摩崖石窟远眺 / 24

赋达摩祖师面壁图 / 25

丁丑三月既望宿白马寺 / 26

无 题 / 27

往事感怀 / 28

蓬山晨行 / 29

忆江南·观易 / 30

春日读书感怀 / 31

感怀四首 / 32

溪上泛舟 / 34

秋风凉又降秋雨 / 35

小憩凤凰岭 / 36

晚独步感怀 / 37

见信感怀 / 38

中秋感怀 / 39

山 行 / 40

登山偶感 / 41

避暑终南 / 42

甘河遇仙记 / 44

赋兰花 / 46

冬夜宿终南山古寺 / 47

雨中观荷 / 48

踏雪访梅 / 49

古寺偶夜 / 50

春至南五台圣寿寺 / 51

暮游终南 / 52

暮游终南还 / 53

月夜赏桂 / 54

中　　秋 / 55

赠约瑟夫 / 56

圣诞节赠波尔 / 57

和苏生一首 / 58

秋日游终南山 / 59

南山佑国寺阶前望月 / 60

游龙门香山 / 61

观电影《止杀令》 / 62

二〇二〇年元旦 / 63

记二〇二〇年元夕 / 64

终南古寺 / 65

登华山观日出 / 69

观音成道日感怀 / 71

二〇二〇年教师节祝词 / 72

赠九〇三班学长 / 73

二〇二〇年国庆中秋祝词 / 74

晨行曹村 / 75

午后滈河林带散步 / 76

定风波·和友人 / 77

游圭峰寺 / 78

圭峰寺赏梅 / 79

下圭峰寺前山 / 80

薄暮下圭峰山 / 81

与二三子游耿峪 / 82

祥峪口村小憩 / 83

雨中观湖畔花树 / 84

祥峪溪边杏花 / 86

春日花林行 / 87

雨后校园散步 / 88

晓出步行至文澜楼 / 89

雨中过樊川 / 90

红叶李花 / 91

窗前观雨中花林 / 92

见雨后郁金香 / 93

书感怀以赠善友 / 94	出沣峪口 / 117
见诸友春景照片作 / 95	端午晨起闻雨声 / 118
见陕南农家脱贫喜作 / 97	端午与家人雨中赏荷 / 119
雨中过长安大道 / 99	端午雨中游南五台下村庄 / 120
暮春至白鹿原农庄 / 100	五月初七拂晓狂风暴雨 / 121
雨中见牡丹作 / 101	过滈河蛤蟆滩 / 122
新　绿 / 102	骑行过蛤蟆滩 / 123
沣峪口忽逢大雨 / 103	与女儿林间小憩 / 124
登长安大道观景台 / 104	夏至夕子午峪口 / 125
骑行滈河南岸 / 105	忆蓬山 / 126
洱海湖畔夜行 / 106	记二〇二〇年七月登泰山 / 127
素方舟音乐会 / 107	乘华山西峰索道 / 128
听手碟独奏 / 108	莲花峰下镇岳宫 / 129
四月十一日夜，独步洱海西岸 / 109	华山莲花峰 / 130
晓步洱海见日出 / 110	记与二三子饮酒 / 131
洱海白石溪见放舟 / 111	子午峪口纳凉 / 132
大理崇圣寺 / 112	晨见牵牛花开 / 133
长安大道望秦岭 / 113	祝贺中国共产党成立一百周年 / 134
滈河南岸林中小憩 / 114	登老君山 / 135
池塘听蛙鸣 / 115	立雪亭 / 137
记六月五日与众善友游牛背梁 / 116	记七月四日游嵩山 / 138

库峪溪畔散步 / 139	过沣峪口 / 160
初伏入石砭峪 / 140	南湖漫步 / 161
初伏与内子池畔赏荷 / 141	雨霁雾霾尽 / 162
酷暑喜听夜雨 / 142	雨中见梅花 / 163
石峡沟农舍夏凉 / 143	白　梅 / 164
与家人闲话 / 144	林间晨行 / 165
长安七夕通易坊 / 145	画中观雪 / 166
中夜独步 / 146	二〇二二年元旦感怀 / 167
又近中秋 / 147	山　松 / 168
中秋赏月 / 148	岁末有感 / 169
秋　分 / 149	见池畔梅花有感 / 170
重阳见菊感怀 / 150	望　雪 / 171
游园见落叶 / 151	五乳峰 / 172
霜降日宿益生林 / 152	忆江南·步行至长安公园 / 173
游杜陵 / 153	辛丑除夕 / 174
忆清秋 / 154	壬寅岁旦 / 175
赠善友 / 155	初春山行 / 176
游园见菊 / 156	观少岩先生墨宝 / 177
高冠峪 / 157	晨行校园 / 178
益生林晨起 / 158	少年游 / 179
与二三子游高冠峪 / 159	周末南湖散步 / 181

清凉台 / 182

忆故园古杏 / 183

三月初三晨散步 / 184

谢善友馈鲜笋 / 185

松下独坐 / 186

步行湖村 / 187

神禾原上望秦岭 / 188

雨中子午峪 / 189

见儿童图书馆前读书有感 / 190

踏莎行·五一 / 191

清平乐·益生林晨起 / 192

初夏登圭峰寺后山 / 193

浣溪沙·祥峪口村 / 194

神禾原上望樊川 / 195

夜雨读书 / 196

小满月夜散步 / 197

七夕携家人坐望终南山色 / 198

春日皇皇 / 199

感李生赠兰花 / 201

小阑干·秋宴 / 202

过御宿川 / 203

忆江南·晴秋晨行 / 204

菩萨蛮·秋江 / 205

生查子·忆江津渡江 / 206

行香子·年少独行 / 207

二〇二三年元旦 / 208

鄠邑重阳万寿宫 / 209

立春感怀 / 211

癸卯上元 / 212

江南春·初春 / 213

读《阴符经》 / 214

圭峰山下杏花 / 215

南 岩 / 216

宝鸡印象 / 217

丁 香 / 218

晚晴见紫藤花 / 219

雨中神禾原远眺 / 220

与诸友品茗 / 221

晨霁抒怀 / 222

跋 / 223

自 跋 / 225

赠　别

　　初识离别，在中考之后。一九八八年六月二十五日至二十七日于白鹤镇中考毕，与同学东行黄河岸上作别。斜阳尚炽，河水汤汤，波光粼粼。望东西，天际无尽，无语惆怅。一九九一年七月七日至九日于长华镇高考毕，返高中校园，同学各奔前程，匆匆作别。近黄昏，余独坐教务处前连椅上，斜晖默默，唯老椿数株，凉风时届。万缘释怀，顿觉休歇，心绪超然。三年苦读匆匆，唯此时方觉校园无限之美。多少情景难再，无限情愫难言，一瞬万年，茫然失却内外。久之，鹊鸣于菊圃，乃醒。是年九月，同学各负笈一方，时交通唯凭书信，多有从此无缘再见者。思鹊鸣情景，拟五言四句，寄难达之言。

别君无所赠，碧玉菊花枝。
秋九黄蕊开，对此忆心知。

　　　　　　　　　　辛未年七月二十一　处暑至白露　孟津四冢

夜半独步

　　将负笈离乡，夜难寐，独步中庭。天宇星河灿烂，庭中树影婆娑。读《古文观止》，古人体天心，参造化。或云，率性为道。又云，诚则明，明则诚。诚明之学，余倾心不已，不知何处可学。寄心来日，或可际遇。心踏实地，自有无穷力量，如春阳和煦，遍充四野，其如是乎？如是之美，倾心为之，不我过也！不我负也！将赴长安，记此志，虽百回，不敢忘也！（此则载片纸上，夹《古文观止》中，今幸复得。）

子夜望天心，银河气象浑。
乾坤谁造化？率性满怀春。

辛未年七月二十七　处暑至白露　孟津四冢

与同学游万寿宫

是年春，友携余观胜。长乐门外安仁坊，有万寿宫，正殿三重，乃关中道枢。唐末为酒肆，传为吕洞宾遇钟离权处，宋时辟为道观。钟离权者，或曰后汉人，兵败走终南，因碧眼胡僧指引，遇东华帝君，得授"灵宝毕法"，乃传吕洞宾。正阳故事，其实难考。时值斋醮，笙箫绕梁，清唱悠扬。余等驻足流连。有长者斥曰："'一万年太久，只争朝夕！'青春年少，岂可流连于此？！速去！"众愧谢，乃去。思之，一万年虽久，亦只是朝夕；若无朝乾夕惕，一万年何以久哉！因以"两耳余清风"记之。

悠悠天河水，渊渊《道德经》。
科篆表重阙，雨露滋兆蒙。
身暖白云秀，神泰赤符行。
谁言神仙府，两耳余清风。

壬申年三月初三　清明至谷雨　安仁坊

二次与同学游龙门

　　余六岁曾随母亲游龙门,仅记洞窟巍峨、人行熙攘,唯喜泉池流淌,尤爱珍珠泉。高二春游,与同学至龙门、少林寺、中岳庙等处,但记一路杨花低垂,少年笑语晏晏,太室顶上云卷云舒。是日与大学同学游龙门,感念部分高中同学仍在准备高考,不由思绪遐飞。今与友人游,思他日相游之人。何时又游,而思今人?

　　清浅河渠垂绿柳,山岚积翠几曾游?
　　春风相与伊关驻,总动思怀在早秋。

　　　　　　壬申年三月二十九　谷雨至立夏　龙门石窟

雷 雨

　　将暮，乌云遮日，风起西北，疾而冷，必致暴雨，速返。及门，雷电猛烈，大雨匝地，河泼海泻，甚是惊骇。约半时，雨霁云开，星月皎洁，甚是可爱。因拟之。

向晚雾浓起狂风，龙云如墨暗西东。
刑天干戚沙尘猛，共工恼怒不周倾。
金龙蜿舞喷烈焰，泰山倒塌华岳崩。
赤帝驾车引火部，紫皇仗辇出玉京。
旌旗迎风何猎猎，戎甲生寒气腾腾。
势压五岳金乌避，吼倾四海玉兔恐。
风怒摧折西极柱，雷罢震裂东华宫。
女娲惊变失颜色，银汉堤决泻九重。
轩辕失策拜大禹，伯皇无奈谢老龙。
电光彻地夜复白，宇宙浑然琉璃成。
阴阳恍惚无四象，两仪万品归鸿蒙。
盘古悸动提钺斧，魔霾惊栗急归营。
浩浩乾坤顿甲戈，朗朗山河静杂声。
姗姗玉女把素扇，翩翩金童展珠屏。

太昊奏凯升宫阙，玉虚荡荡分外清。
拄杖扶花东篱下，一汪澄潦月明中。

壬申年六月十三　小暑至大暑　孟津四冢

青 苔

　　二十世纪九十年代早期，铁路客运拥挤，寒暑假期乘车，如受桎梏。是年七月暑假回家，数人拥挤于窗侧，列车彻夜疾驰，窗口洞开，饱受凉风。到家即腹泻，医无效。前后月余，羸弱不堪。有记云：西都归来卧病身，夜半梦雨何纷纷。纵使明朝日色丽，庭院空见秋翠深。外祖父敬轩公知之，为我布气中脘，凡三次，竟愈。外祖父家上河图，王姓大族，世奉黄老，善中医布气之术。余本不知道家，至此甚奇之。

秋云侵暮暗，夜雨浸石苔。
晓霁浮新绿，春阳复满怀。

壬申年七月二十五　处暑　孟津四冢

思 书

  是日大晴,晡后徘徊曲江遗址堤上。远眺秦岭,不知起于何时,竟成执着。极目东南,秦岭横绝,云嶂崔巍。斜照式微,寒风凛冽。彩凤双翼,灵犀一窍,有所知乎?远山霞光淡去,穹窿星烁寒芒,踏霜而返。作诗以寄友人,期有所感也。

万里清秋肃楚天,衡阳孤雁几时还?
长恨青帝春不回,空向碧落觅青鸾。

壬申年冬月初六　小雪至大雪　曲江遗址

家　书

　　是年十月十二日至十九日，党的十四大召开，国家推行经济改革，将建立社会主义市场经济体制，诸多课本与学科需要改革，闲暇较多。父亲知此，加以训勉。父亲母亲为人敦厚淳良，书信言辞，亦甚质朴。他日读之，亦无限感恩。因记之。

　　　　老父家书至，勉儿苦攻关。
　　　　治学勤而细，为人宽且俭。

　　　　壬申年十月十六　立冬至小雪　西安统计学院

湘江东岸望岳麓山

　　是年十一月，实习于湖南省统计局农调处，闲暇与同学漫步湘江东岸。远眺岳麓，青峰一带，邈鸿数点。夕阳西下，荻花如雪，波光似银。情怀无限，怡悦由之，终不知所止。是愁非愁，是忧非忧，无可奈何。因记之。

　　青峰连远岸，白鹭立黄昏。
　　万物皆作客，乡关是渡津。

癸酉年冬月十七　冬至至小寒　湘江东岸

毕业聚餐

是夜，西安统计学院九一级三班全体同学聚餐于翠华北路翠华园。同窗四载，将毕业，别情离愁，无语言之。此情此景！此时此人！因记之。

昨夜秋风吹不散，翠华园内几多愁。
累觞清歌祝明月，吾辈何时再宗周？

乙亥年五月二十三　芒种至夏至　翠华园

过三峡

　　是年七月大学毕业，八月入职军工企业。九月入川，追催货款。十月初，由成都经重庆至武汉，因过三峡，浮江而下，凡三日夜，如在画屏游。一峡之天，或晴或雨，或晦或明。两岸之景，或幽或壮，或秀或奇。长江之水，或急或缓，或浊或清。旅人之思，或今或古，或南或北。独游之趣，但以江山之胜，壮行思也。赏识孤寂，人或清冷，于我乃至乐也！

一

轻烟逸石岫，江上清风多。
泠泠一片月，湛然在澄波。

二

雾浓江山合，云开奇峰多。
香溪水如碧，平湖波似螺。

乙亥年闰八月初九　秋分至寒露　三峡

自　励

一九九五年夏，由西安至郑州，入职军工企业。初涉世间，但知自适，不契人意，招致困境。因以自励。

诸葛躬田亩，玄德贩鞋席。
英雄固世在，时势安可抑。

乙亥年腊月初七　大寒至立春　郑州

兰　溪

兰溪，虚拟之名，以为斋号。当时亦无独室自住，是兰溪乃心斋也。心斋以自知也。后数年余作《兰溪斋记》：

地卜幽谷，檐临飞泉，志以栖隐也。左擎大夫之松，右植娥皇之竹，篱扶以菊，户疏以梅，而独少兰，故名之兰溪也。斋后丹崖百丈，藤萝奇布，馨芳繁缀。崖下梧桐如盖，绵延成林，冈峦共环左右。余名后峰及左右冈峦曰：朱屏、引凤、来凰。唯斋简矣，据荆为案，篾竹作几。阅以金经玉铭，给以布衣蔬食。山主好客，时携果蔬以往来。芳邻年熟，辄具豆麦以馈邀。机削锋藏，意泯性真，诚伯皇氏以予吾也。

曦日朝晖，万笏峰朝霄汉。润月朗夜，列星拱垂苍野。春煦溪满，松华竹茂。秋高露浓，枫焰橘丹。夏则燕坐桐荫，剪圭漫听流水。冬则披氅堂前，环炉共品白雪。希禽来仪，有凤翔之瑞。狡兽去止，息营窟之心。岫云时逸丘谷，花雨顿洒斋前。众至兴适，席设芳茵，盏把配颜，载歌载舞。登极一呼，万川震响；临溪三酌，千觞称寿！醇浓心醉，意酣性明，知此松风明月亦在尘世间耳，苟能不求俯仰无愧于天地？！

噫！吾非隐者也。叹林泉无志，负彤阳华月。衷忧乐恒忖，齐庙堂山野。体而知用，德崇平怀。境而失心，道非谦隐。隐不在山林，隐在吾心。其郁郁称隐者，何如济济红尘？谦不在苟攀，谦在躬怀。其孜孜务谦者，何如拳拳挚诚？知者隐，帷幄华堂而不失隐。达者谦，岸崖高峻而不失谦。显而常寂，用而恒安，岂非谦隐欤？！盖世之失之久矣。既失之，则必倡举之。已

矣哉！独老氏知其由也。

吾非隐者也，亦不敢以隐者居也。吾之将返也，作文以记之，待真道德隐士也。时二〇〇一年六月八日孟津赤符子记。

> 江山非人性，冷暖苦追逐。
> 右爱此无剧，故移兰溪住。

乙亥年腊月初九　大寒至立春　郑州

春 思

　　人人皆有情思，情思但属人人。人人之情思，非关汝之情思。汝之情思，正同人人之情思。休作特奇，皆如此尔。志可成情，情可成私；私可成情，情可成志。志同者，道也；情同者，知也；私同者，欲也。但有私欲，而无情志者，如誓言盟约何？唯存情志，若无私欲者，岂儿女欢悦耶？今之视昔，因作前序。

春日暮色迟，落英逐风凉。
斜阳与芳草，怎堪寄潇湘。

丙子年三月二十二　立夏至小满　郑州

赋新竹

　　余供职处，多有军伍出身。中有长者，拟起社以学诗。初再三邀年少辈共举，皆未诺。余感其年老尚学之德，乃入社。因连缀文字以申敬意。

　　凤羽萧萧寒翠深，霜节直劲拂晴云。
　　新篁未解高天色，仰谛清风细细吟。

丙子年腊月初四　小寒至大寒　郑州

山 居

  是日，受海棠诗社委托，送诗稿于《禅露》编辑部，该杂志由少林慈善基金会创办。当值编辑乃出家人，云山居之乐。余叹美不已。记其言，作以赠之。

一夜拥衾暖，翌晨霁雪深。
不知幽涧里，梅发几枝春？

丙子年腊月初五　小寒至大寒　郑州

昼雪夜霁

是日大雪，及暮乃霁。雪月交光，天空深碧。爱惜如此之夜，裹厚棉氅，独步陇海路上。初中时，晚自习后，趁雪月光明步行回家。高二时，元旦晚会后，亦袭此光明骑自行车回家。大学时，步此光明于曲江遗址，常徘徊十数里才返。琼瑶世界，朴素乾坤，而光明一丸，腾辉于碧宇之中。真不知何以拟之，大美难言也！

一

玉华弥天地，清气润乾坤。
感此明月夜，共我冰壶心。

二

高山思绪远，流水忆念深。
何以抒余怀？素纸应孤音。

三

泄泄溶溶碧海心，澄澄澈澈照琼林。
几处轻烟笼远树，谁家清乐迥凡音？
银雀屏开唯欲舞，玉华光转独得沁。
趁今良辰且随步，感此空明处处真。

　　　　　　　　丙子年腊月十六　大寒至立春　郑州

天津桥上望月

  友人邀余洛阳观灯。途次，独往天津桥望月。洛水依依，波光如银，凉风袭面，月在嵩邙之间。回首明衢，火树银花，霓彩冲天。而此桥上，万籁俱寂。我望月，月见我，正是"灯火阑珊处"。无际澄明，好不亲切！灯火阑珊，所以自识也，非以识人也。

    明月东山上，澈如壶中冰。
    感此灯元夜，春色驱残冬。

      丁丑年正月十五　雨水至惊蛰　天津桥遗址

旧　踪

　　孟津，古称平阴，金天眷三年（1140年）改称孟津。《尚书·禹贡》注云："在盟置津，谓之孟津。"境内有古津七，今存五，铁谢其一也。一九九三年春节，曾登铁谢堤上。今又至。河水汤汤，东西无际，天地渺然，更觉阑珊矣。

　　　　春风抚发额，藻荇流清漪。
　　　　岸上梅花在，曾来印雪泥。

　　　　　　　　　　丁丑年正月十九　雨水至惊蛰　铁谢古渡

贺海棠诗社周岁

是日海棠诗社周岁，诸同好略备笔墨、茶点于海棠树林，以飨胜会。命余作文以记之。

三分春色初微动，一点消息是灵犀。
殷勤逊谢东君意，同向人间赋新诗。

丁丑年正月二十一　雨水至惊蛰　郑州

登龙门摩崖石窟远眺

友人自京来郑，同游龙门、香山、白马寺等名胜。登石窟摩崖，远眺嵩山一带，苍苍茫茫。此处曾经多少胜会？今人之视昔，昔人之视今，趣有异同哉！一己之所思，求人之知，而为知己，岂非痴憨？况细度之，少不经事，首尾彻底，有何可知哉？友人慷慨，非余之细细无所致也。感而作之。

一

碧波依旧青崖前，凭忆当时正少年，
玉案若能移近处，即可挥墨写香山。

二

烟雨散尽复登临，春日繁华舒目新。
年少相逢多义气，心逐碧宇赞东君。

丁丑年正月二十三　雨水至惊蛰　龙门石窟

赋达摩祖师面壁图

少林慈善基金会办《禅露》杂志，海棠诗社社友投稿，嘱余核对诗稿。校稿毕，当值法师，邀坐论诗，因以《达摩面壁图》赋七言四句互赠。法师云："胡僧慷慨度将来，云水重重志可哀。立雪崖前春常在，月存壁影放光彩。"余赋云：

祖师东渡意如何？草履一只手中托。
面壁九年真影在，直指佛刹即娑婆。

丁丑年二月初六　惊蛰至春分　少林慈善基金会

丁丑三月既望宿白马寺

丁丑三月既望,友人携参白马寺。听席上玄风虚张,忍俊不禁。禅客皆怒目,责余作颂,以息臆气。是夜也,月朗澄空,星烁银汉,与松柏之木香,铃铎之清音,诠释真心。因而云云。

清风明月无价,都予无事闲人。
吾亦思想此地,得个清净法身。

丁丑年三月十五　谷雨至立夏　白马寺

无　题

　　是日独坐坡前槐树下，芳草萋萋，天宇蓝蓝。春阳如珠，浩然满怀。东风无际，衣襟槐花簌然落下。历历分明，在在无着。

　　一颗明珠光历历，万顷碧波海蓝蓝。
　　三春风光无限好，衣襟槐花簌簌然。

戊寅年三月初五　春分至清明　蓬山

往事感怀

　　义山诗、纳兰词,情皆若湿露过重而无可奈何,又若缚于茧中而不自求解者。负载而伤,此其寿不永乎!虽言境遇乃尔,岂不自知耶?情,即觅对象而作情愿尔。汝自情愿,干他人何?情之浓重纤微,岂谁可托付哉?此情可待成追忆——追忆,岂非"告白"而"归还"欤?余作如是解。

　　春潮涨落几重痕,洞庭碧草今已深。
　　人间多少冷暖事,最是难得一片心。

戊寅年十月十一　小雪至大雪　蓬山

蓬山晨行

时静养于蓬山。有客来访，余往迎迓。晨光明媚，鹊鸟和鸣。岩缀杂花，清露浥竹。苍松千寻，木香弥漫；绿水百回，荇菜参差。拽杖其间，欣悦满怀。道逢衲子，拟一圆相，乃掷石深潭以敬之。是为记。

燕坐朝习众鸟喧，芒鞋藜杖任千山。
丹崖静护松香细，碧水流泽荇菜鲜。
满树杂花垂彩絮，此心总是可青天。
行人偶遇呈圆相，笑与投石入涧渊。

己卯年正月二十七　惊蛰至春分　蓬山

忆江南·观易

子曰："作《易》者其有忧患乎？"观一雨普润，草染沙洲，柳淹堤岸，各呈气象，天其有异哉？三圣演易，各取其知。道虽可乘，亦如草木知春而已矣。忧患奈天地何？职坤之顺，得乾之健，岂非《易》之宝欤？

一

东风遍，芳草染沙洲。烟雨平湖杨柳岸，呢喃双燕木兰舟。陌上尽风流。

二

春阳暖，松景掩危楼。啼鸟两三声寂寞，千山春色是吾俦。沧海任横流。

庚辰年正月二十二　雨水至惊蛰　蓬山

春日读书感怀

　　读张岱年先生之《中国哲学大纲》，有"工夫论"。《道德经》云："致虚极，守静笃，万物并作，吾以观其复。"《大学》云："在明明德。"《中庸》云："诚则明，明则诚。"惜中国古哲，以性命体验为功夫，久积细研，忽尔彻达，天地人和，遍在而不著，未可以言语思维道也。此至善之体验也！起则弥纶六合，洗则退藏于密。老子言玄德，孔子曰归仁。内而圣，外而王，验于中和。圣贤之道，当于孔子弦歌不绝处会也。揑目二月者，徒自耗尔。

一

　　道人不幸求转丹，搬来运去非自然。
　　正是用心太恳切，发白齿黄亦徒然。

二

　　秋水参差黄叶稀，眼前物华已迷离。
　　休把今愁推前事，漫说烦恼即菩提。

　　　　　　　　　　庚辰年正月二十三　雨水至惊蛰　蓬山

感怀四首

　　将近中秋，凉风届候，丹桂飘香，暮色绝佳。携浊酒一壶，于山巅草亭，自酌自饮，不觉酣然。月上东山，渐昏而明。松风竹影，山廓溪声。此岂有世出世间之分？唯人自画牢耳。

一

清风明月光宇周，冰魄玉壶含笑酬。
一团蟾华双影共，何止眉头与心头。

二

轻回徐步度蟾光，馥郁木樨绕画廊。
欲采一缕遥相寄，频飞关山几断肠。

三

桃李熏风乍暖寒，笙歌悄度淡云天。
频移更漏浑不记，眉月酣颜睡西山。

四

一曲浩歌彻九霄，山亭独坐默忖遥。
相思不似清梦淡，几教丈夫坠滔滔。

　　　　　庚辰年八月十二　白露至秋分　蓬山

溪上泛舟

  是日既暮，友人携余舟行。天色澄碧，溪面清阔。月初升，岭戴余霞，返景水上，更添明净。友善棹，甚平稳。余初尚以手扶舷，渐释，趺坐舟底，醉心于上下天光之中。友与我均无语，望月渐至中天，光满穹宇。溪上雾起，乃还。

    秋空碧澈入流泓，慢棹扁舟载月明。
    细浪推开银汉净，凉风抚掠鬓丝轻。
    波心皎皎窥谁破，丽影重重任我逢。
    绰绰青山行不尽，声声欸乃漾天星。

庚辰年八月十三　白露至秋分　蓬山

秋风凉又降秋雨

  是日寒露，秋雨如丝，山气骤转。独坐垒岩，千峰竞秀，层林尽染。天高地迥，观宇宙之无穷；春去秋来，识盈虚之有数。释放过往，理洽谦牧；发奋未来，事借健行。沧海浮沤，勘破乃识水性；须弥尘埃，积功才见山巍。因以记之。

  天降寒霖秋露凉，萧萧万木气凝霜。
  何须重忆繁华事，又是一番扑鼻香。

庚辰年九月十一　寒露　蓬山

小憩凤凰岭

周至之西,横渠之东,秦岭之北,有岭如凤。林木茂盛,泉池盈流,丘原起伏,村寨隐现其间。春阳耀玉,和气袭人,桃李缤纷,菜麦黄碧。独坐磐石,望丹阳之庵,临无名之涧,天地无我,浩然无间。取《中庸》朗读,方知"天命""率性"不我欺也。因记之。

胜日游南山,锦绣满前川。
红白桃李树,青黄菜麦田。
巢父洗耳水,丹阳修道庵。
紫霞拥翠微,石径入云烟。
独坐磐石上,静对物色闲。
春阳浩然气,天地我无间。
敢蹈舜尧辈,谁人非圣贤?

辛巳年二月三十　春分至清明　凤凰岭

晚独步感怀

备考西安，前途未卜。良夜独步，月色如水，澄心静虑，定珠方明。与其彷徨无策，不如矢志一途。因记之。

千万人往矣，是名真少年。
良骏联翩驰，捷功频报传。
文章勤道德，涯岸泯瀛天。
谁言浮生梦，努力但向前！

辛巳年冬月十四　冬至至小寒　西安

见信感怀

　　当时只是寻常事，过后思量倍有情。写信、折信、封信、寄信、等信、拆信、读信、复信，均是享受。忆大学时，常于午后寄信、取信，或蔷薇初开，或绿荫正浓，或落叶缤纷，或琼瑶匝地，或一人往返，或结伴而行。信的脚步虽慢，但却给人带来无限的美好。今复信，因记之。

一

　　一段铅华尽洗除，万般生意本具足。
　　何须清流石上鉴，洪波涌霞日轮初。

二

　　琴韵调和情反稀，释怀危崖叹钟俞。
　　落落圆音无人问，九万里鹏程正举。

辛巳年冬月二十五　小寒至大寒　西安

中秋感怀

云起山高，月明水暗，清风微扬，素影婆娑。余独步校园，情怀邈远，无从悲喜。余作《中秋夜闻乐记》，云："是夜也，云轻月明，露浓香清。余信步独往，效乘兴之游。忽有乐起，乃住侧听。乐音宏朗和雅，畅发幽微，引人入胜。及至会处，顿觉阳腾阴消、寒薄暖升、生气流布，乃境其中而忘游止。至哉！古人之为乐也，和天地、协阴阳，喻造化于丝竹之端。通达性命，激扬清浊，能致禽兽之舞，能发鬼神之叹。闻之而天愈清、地愈宁、人愈贞、意愈诚。乐之为教化者大矣哉！曲终矣，夜寂月高，余归而记之。"时二〇〇三年九月十一日。

一

几度丹台调素琴，高山流水觅知音。
候得青鸟消息来，海底涌出月一轮。

二

几度丹台调素琴，搬铅运汞弄精神。
蒸砂已为人笑痴，积雪为粮种何因？

癸未年八月十五　白露至秋分　西工大友谊校区

山　行

　　崇州之西，群山连绵，峻岭极天。有白岩山，雾锁云封，时人罕至。传其嵯峨峰间，深藏古寺，驻锡高僧，或百余岁，定慧具眼。时逢寒假岁末，长者刘公邀余参谒。余正无赖，欣然同往。则见古树参天，岩泉清冽，山门耆旧，殿宇无华，满谷欣然。山间盘桓旬余，乃返。因记之。

　　春山雨初霁，藜杖任从容。
　　空翠麻衣润，岭云芒履轻。

甲申年正月初三　大寒至立春　白岩山

登山偶感

  是日与内子游南五台，溯涧溪而上，得灵芝、黄精各若干株。山林明晦幽深，泉水蜿蜒曲折。萱草花开，色明而灿；蒸云垒积，形壮以奇。叹山川风物，各有其系，如天地间自有安排。人私而扰扰，其奈自然何？徒自毒耳。余研究生态经济，十分感慨。

      寻源逢芝草，峦壑自浅深。
      白云浮秀树，黄花醒幽林。
      泉泽入大海，金石资兆民。
      谁知生态意？天地有经纶。

          丙戌年四月二十四　小满　南五台

避暑终南

是年春,南五台圣寿寺僧广宽者,因删订著述而借宿寓下。及夏,再三邀余山中避暑。未通乃往,时广宽出访,唯一优婆塞待余,相与甚欢。日则隐者往来,夜则松涛起伏。居三日,乃返。

一

高阁突兀辟蓬莱,云涯无楫渡尘埃。
时闻梵音松际过,偶有青鸾天外来。
无心木叶随流水,断拱石桥委碧苔。
茅棚简陋常清扫,许予老龙寓半斋。

二

杖藜归来依松乔,为送斜阳立山皋。
石径不扫苔茵静,寒翠常侵秋气高。
风过竹林听龙吟,雨歇夕照见虹桥。
何人对岸频呼余,溪瀑声喧把手招。

三

霞友邀余入云峤，相携任性慕有巢。
一瓢春酿和青饭，满谷松风涌碧涛。
梵唱清词挽云驻，妙音天籁平心潮。
烹茶且向溪头坐，共话太平赞舜尧。

丙戌年六月二十七　小暑至大暑　南五台圣寿寺

甘河遇仙记

是岁秋，二三友人游鄠邑重阳宫，听道人讲甘河遇仙故事。余猜度，以王重阳之文韬武略，岂区区耽于仙道者也？！阅其传记，文字隐晦间似有复宋抗金之迹，抑或事不成，乃隐于仙道耳。所谓害疯、墓庐者，杜人耳目矣。因托道人故事以记之。

东盼王师久不归，混迹屠市泄块垒。
五陵豪气自不群，骨骼生来本崔巍。
忽闻仙客来海上，褴褛唾涕招人非。
好道王婆斋不献，厉数诟语带门推。
醉眼相过不忍看，蹒跚揖让携将归。
相推高座认宾朋，春酿斟来满玉杯。
日日欢畅无颜色，夜夜抵足共酣雷。
长夏土气转金声，秋收冬藏暮色菲。
酒客忽欲辞归去，踏雪长送愿相随。
道由甘河水清冽，冰桥试问师为谁？
客道休问壶中月，聊谢半载酒一杯。
瓢瓢但把桥下泽，王孙情义莫推诿。
清泉谁料醇佳酿，酣睡雪天梦难追。
醒来不见旧时路，漫天冰雪掩经纬。

耳中分明留丹诀，皮囊已非旧骨髓。
帝统既然移南化，天道自强予人为。
胡虏但知掠财币，道德文教竟付谁？
正化自在东南隅，教风谦光期西陲。
功名早付西风去，人能全真更为谁？
若非甘河遇真泽，英雄豪杰已相随。

     丙戌年七月二十七　立秋至处暑　重阳宫

赋兰花

是日，友人自南五台来，携数苗兰。即栽培盆中，置于案上。其花拳拳，瓣豆青色，蕊蜜黄色。其香淡雅，凝而不散，清幽自然。共赏良久，记之。

一茎香浓凝紫烟，庙堂野谷亦相安。
未曾借得东风势，只缘清幽自无边。

丙戌年八月初一　白露至秋分　景仁轩

冬夜宿终南山古寺

  冬渐寒，雪封山。友人知余喜登山，邀充劳役，输粮隐士。内子以山涧冰滑，不许。然余好诗，若辈则以诗诱吾，讹隐者通《诗经》，语与时人异。是夜，宿南五台半山精舍，见其人，粗识文字，遑论言咏。诗者，本不贵精妙机巧，而求恰当于心物。诗三百，此所以为经者乎！因以记之。

且喜明月照柴门，拽杖渡溪水涔涔。
频唱先秦三百句，方知早已输古人。

    丙戌年十月二十六 大雪至冬至 南五台半山精舍

雨中观荷

　　长安端午，多在雨中。是日烟雨如丝，与内子观荷。近山，风微冷，碧盖摇曳，花尚菡萏。一两株渐舒者，在彼一方。藕香细细，雨声渐渐。伞下共诵濂溪先生《爱莲说》而返。

田田弥望碧烟浮，细雨乘风弄翠朱。
晕染春朝霞上彩，调和霁雪玉中酥。
芙蓉若坠缘露重，菡萏将倾赖叶扶。
爱慕清华长伫立，濂溪何处论功夫？

丁亥年五月初五　芒种至夏至　长安

踏雪访梅

  是日寒，天大雪。内子兴起，相携访梅。玲珑世界，朴素乾坤，景映二人。面袭凛风，心怀阳煦，手中微汗。虽未见梅，而得其馥。归来暖酒，微醺而记之。

  依依循古道，数数见山村。
  这个玲珑界，梅花在素心。

丁亥年腊月十八　大寒至立春　清凉山公园

古寺偶夜

　　是日，长者来访，共游南山至相寺。流连至暮，寺僧怀慈，告以冰凝路滑，因留宿禅房。当夜，月华流空，松影满户。禅林清幽，淡简如无，特记之。

香篆腾袅袅，铎钟荡浑浑。
随息轻踱步，松月满户门。

戊子年正月十四　雨水至惊蛰　天子峪至相寺

春至南五台圣寿寺

  与内子携友人游南五台。是日也，春和景明，花间鸟啼，岩下泉流，萱草兰芽，无限芳华。友人与寺主旧识，因宿隋唐古刹圣寿寺。夜来松风如潮，月色如洗。寺主广宽，烹茶相邀。友人健谈，禅机玄韵，相与甚欢。翌日午后返。

  春山景润霁方盈，竹杖芒鞋带云轻。
  隔岸萱花香彻透，满溪荇菜翠笼菁。
  万物乘此演造化，一性携领会常明。
  不忍踏莎惜生意，几声鹧鸪逢耳听。

    戊子年四月初七　立夏至小满　南五台圣寿寺

暮游终南

有僧自西南来,栖南五台半山精舍。友人嘱余照顾,乃往视之。是夜留宿王家大院,有登山夜营者,坐谈良久。

暮岚侵月夜,空翠带暑秋。
野人与往来,松下辨牵牛。

戊子年七月二十四　处暑至白露　南五台半山精舍

暮游终南还

　　群友相邀，会半山精舍，余不耐烦剧，趁月明下山，至山下友人家。友人烹茶，出山珍五味子、八月炸相飨。相坐戏论玄虚，不觉夜深。翌晨返程。

　　莫嫌露浓石径滑，且趁月明过僧家。
　　几处娑婆屋前树，一行明暗汀上沙。
　　嘻嘻垂髫飨秋果，洌洌岩泉烹春芽。
　　漫论狐禅居胡床，不觉素娥过西峡。

　　　　戊子年八月初七　处暑至白露　南五台半山精舍

月夜赏桂

秋来迁居校内,楼前有花园,丹桂香暖,叶露珠明。内子有身,相携缓步其间,无语而欣然。特记之。

　　昼晴夜气暖,绕廊木樨香。
　　南斗垂天阔,白露入衣凉。
　　婆娑堂前树,朦胧月下霜。
　　随息轻踱步,一任二丸忙。

戊子年八月初八　白露　雁塔校园

中 秋

是年六月六日，抵美国明州圣克劳德州立大学访学。九月，迁居乔治湖北侧。窗前有松两株，虬枝如盖，迎旭日，擎明月，卧云栖霞。因名寓所松月阁。是夜中秋，校内聚会毕，步行返寓，遂徘徊于湖畔。因记之。

> 临窗松影淡，草木露凝香。
> 月下丘峦静，云间彩晕光。
> 一轮涌碧海，满地现青霜。
> 万里家国外，凭君望故乡。

甲午年八月十五　白露　松月阁

赠约瑟夫

是日白露，又兼中秋。有学者，名约瑟夫（Josef），好道家，通汉语，于图书馆相识。其祖母李，笃信道教，本籍鹿邑，随父来美，卜居波士顿。约瑟夫闻余乡贯洛阳，分外亲切，常约相见。是日因切磋甚欢，拟道家语，致敬其祖母，以赠之。

一向春风暖，何处非吾身？
峰峦舒毓秀，虚谷育灵根。
澄空甘露降，黄庭药苗新。
午后依崖坐，吹万自浅深。

甲午年八月十五　白露　圣克劳德州立大学图书馆

圣诞节赠波尔

是日午后,约瑟夫携友名波尔(Burl)来访,以《太乙金华宗旨》示余。瑞士人荣格,融其义于心理学,遂流行于西方。此书初见清代,出于乩盘,托为唐末吕岩之作,其实则柳华阳一系也。与晋之《黄庭经》、唐末之《入药镜》、北宋之《悟真篇》,云泥之别也。余十八岁在大学曾泛读,今二十余年矣。波尔笃信道教,曾冠巾。余甚奇之,因拟丹家语以赠之。

砂岩水暖细流平,雁过秋山雪露浓。
拟向丹台圆皓月,抱元守一诵黄庭。

甲午年冬月初四　冬至至小寒　松月阁

和苏生一首

苏生，是年将毕业。读《传习录》有得，发慧生乐，志虑超然。有诗报余，曰："一言道破信方深，回望惊识自家珍。止恶善扬依圣训，功纯静观妄归真。"余时访学于海外，闻此惊喜，感叹造化。因而和其诗，曰：

格物致知趣转深，功纯静虑见家珍。

正心一是先圣训，修齐治平体天真。

乙未年四月初五　小满至芒种　松月阁

秋日游终南山

　　友人来访，携游至相寺。山光明净，秋色醇醉。寺僧有披百衲衣者，坐阶前唐槐下，讲金刚窟三三公案。友人机锋往来，相与甚欢。至相寺盛于唐，为华严宗道场。今有如诚禅师重兴，构建殿宇禅堂，凡数十所，传沩仰法脉，竟成南山第一禅林。

一

徐涉山川阅斑斓，长安秋色在终南。
远峰隐隐含空翠，霜林漠漠生晓烟。
青天寥廓寒霖后，雁阵清越白云间。
东篱丛簇金风瘦，南岩依稀木叶鲜。

二

坐观云起千山秀，闲看月盈万派圆。
遍界缘起等亲疏，际会当机有后先。
缘缘何妨闲处会，事事但向起始参。
珍重道情寄此世，同赴蓬洲话三三。

乙未年十月十一　小雪　至相寺

南山佑国寺阶前望月

是月与众友在五台。南山佑国寺，依山度势，构为伽蓝，乃明代台山首刹。建筑雄伟，如凌虚空；风景清秀，若出尘外。寺前高台，基半山而出诸峰。凭栏其上，层云荡胸，日月摩肩，仿佛吞吐星辰。若晴日，舒目远眺，则锦绣、翠岩、挂月、叶斗皆可见，台顶殿宇如粒米。如此天地独钟，而香客不到。余爱其独立尘扰，每于晨昏二时导引其上。或时朝霞拥护，殿阁顿失；或时暮月斜挂，乡关何处？其中妙处，若无多时，往往难会。天下名山，偏于僧家。久处其中，晨钟暮鼓，值日度餐，还识自家妙处乎？因而记之。

举目望台峰，溪山自淡浓。
云月表天色，松风送晚钟。
向来无余事，泯神契上清。
谁堪销机虑，相携振玄风。

丙申年七月初四　大暑至立秋　佑国寺

游龙门香山

是日，与妹婿两家共游伊阙诸胜。此前虽曾数来，然游人如织，细节往往难见。香山古刹，为禅门二祖慧可入定处。松柏拥护，衔于山半，下临伊水，地势高妙。拾级而上，暑气顿消，清凉得亲，其果为智慧清凉地也欤！是日甚欢，因记之。

> 夏日蒸四野，伊溪水浅清。
> 岩岩瞻浮屠，芸芸游众生。
> 偏爱香山寺，独有无漏僧。
> 少室礼初祖，禅灯传重重。

丁酉年六月十三　夏至至小暑　香山寺

观电影《止杀令》

  鲜有全真名士故事之影视，闻《止杀令》，往观。全场唯"止杀"一事仿佛，其余皆不信。商业娱乐，难拟信史。长春大师者，全真七子之最少者。苦心孤诣，利人济物，曾于陕西磻溪、龙门隐修，凡十三载，得乎其成。金廷命其归山东登州，于其处应蒙古诏，西迈雪山大漠，只为一言止杀。其年已过古稀。慈心本自，嗜杀如魔者亦得其化；爱人若己，渺漠未知者深蒙其恩。老子云：太上，不知有之。其大师所谓耶！

龙门孕育千山秀，性海澄澈一轮圆。
从容一言止杀令，彪炳万里迈雪山。

己亥年五月十七　芒种至夏至　景仁轩

二〇二〇年元旦

　　国家改革开放以来，仅四十余载，人民福祉增长速度，却远超积累数百年之欧美。国家领袖，亲临扶贫一线调研，由衷感佩。《尚书》有言："天佑下民，作之君，作之师。"今见矣！儒家赞政治昌明者为"王道"，王道岂非民生之道耶？感佩不止，砥砺前行！因以记之。

　　　　王道由来革鼎新，春雷生意挟万钧。
　　　　十四亿人复兴志，长征万里证初心。
　　　　年正当时有吾辈，运以自强乃青春。
　　　　幸逢大潮知由道，勉以精勤立此身。
　　　　天地律回新元始，祝上万姓尽康祯！

　　　　　　　己亥年腊月初七　冬至至小寒　景仁轩

记二〇二〇年元夕

元月以来,闻武汉疫情往昔罕见。逆行勇士,见于新闻,感人至深。临近春节,西安市民自行隔离。今夜元夕,隔窗远望,默然祝愿!

素月孤轮霜色清,隔窗静忆上元灯。
通衢寂寞人踪净,默祝心香祷太平。

庚子年正月十五　立春至雨水　景仁轩

终南古寺

二〇一七年清明，南京大学刘公来西安，共游终南，其中多藏古寺，且皆为著名者。刘公心怀卓远，愿行高洁，于我多有启发。因缘际遇，其稀有哉！后数年间，于闲暇常与友人游诸古寺，渐知其来龙去脉。今逢疫情，多止寓中。晨登不高山，见春花竞放，思终南山中古寺，岂非别有天光？因作之。

华严寺

素怛独尊唯华严，五祖一脉法界观。
般若唯勘文殊妙，行愿但仰普贤圆。

兴教寺

独步千古照无边，法相唯识谁堪言。
慧光普耀无内外，翠柏拥护镇樊川。

圣寿寺

早闻隋塔翠峰间，又见唐槐苍色冉。
裴相承侍黄檗处，冷鹤青松依巉岩。

至相寺

层峦叠翠到云天,梵楼云宫古镜含。
由来独崇华严境,只在和上拄杖边。

百塔寺

驱车漫访古终南,千年银杏频迎眼。
荒陌尘掩三阶教,斑驳苔色凭谁镌?

丰德寺

丰德寺畔白石滩,幽涧水淙春尚寒。
瞻问天人供养处,绕堤鹅黄是柳烟。

净业寺

高卧孤峰懒参禅,一榻寒月照霜天。
兹自三车扪虱后,修静几时再对谈?

观音禅寺

白猿山下窥心颜，苦诣西疆抱月参。
抚育弃孤真大慈，观鱼梁上几人见。

古观音禅寺

古寺早闻教外传，公孙树下亦安禅。
云门饼兮赵州茶，任他德山徒狂狷。

圭峰寺

几度攀援到寺前，箬竹风摇翠影寒。
圭峰独对证十力，遍界缘起颂华严。

草堂寺

逍遥园内珠玑鲜，香海弥鲁供舌莲。
今对尊颜展贝叶，千华台上梵音传。

香积寺

谁道云峰拥秀园,高塔影入潏水澜。

善导群生归乐处,梵唱婉转古音圆。

庚子年二月十五　惊蛰至春分　景仁轩

登华山观日出

七月二十一日，自洛阳至泰安，邀济南刘公同登泰山。二十三日返，过华山北麓。在陕匆匆几十载，未遑登临。遂假手机查看"攻略"，因而幻想。过华山途中作。

一

凿石成鸟道，径达云外天。
陈迹图南子，摩崖垂磴攀。

二

星露待夜彻，鱼白知漏残。
披氅闲握固，凤箫来瑶天。

三

青峰浮云外，曙色静晓幡。
万籁此俱寂，但待六龙辕。

四

红日腾谷底,紫霞荡胸前。
云涛流千波,金光耀周天。

五

谁疑尘外客,清风掖翩翩。
回首来时路,万壑净松烟。

庚子年六月初三　大暑至立秋　华山

观音成道日感怀

是日，与家人入太平峪。途中，见山中佛寺男女甚众，问之，曰："观音大士成道日也。"依佛门经论，观音大士者，诸佛之悲心也。老子以慈为宝，孔子克己归仁。由此可知，凡圣贤之道，无不慈悲仁爱。因记之。

秋月溶溶照翠岩，潮音在在醒枯禅。
慈悲何曾有他处，敬业乐群孝慈严。

庚子年六月十九　立秋至处暑　太平峪

二〇二〇年教师节祝词

每逢九月，学生祝福，如期而至，感动不已。乃作文，祝福师长，答谢诸生，恭贺同人，是以记之。

当年形迹亦匆忙，而今鬓丝添银妆。
青春无悔育桃李，红烛常添绽华光。
薪火传继文不老，教学相长道永昌。
好持霜筠秉一贯，秋泉老冽赛醇香。

庚子年七月十八　处暑至白露　景仁轩

赠九〇三班学长

九〇三班学长毕业三十年聚会，邀余。席间学长慷慨高歌，欢笑热泪交织。人若无志，难以远迈！惜此真情，足慰平生！因为歌曰：

一

且尽樽前酒，敢听少时歌？
何以峥嵘事，铁马过冰河！

二

谁疑镜中霜，终究道上果。
青春惜壮志，人间珍重多！

庚子年八月初一　白露至秋分　小寨

二〇二〇年国庆中秋祝词

国庆中秋，稀有双节同日。般若，智慧也；明月，团圆也。党之智慧，领导国家；民之福祉，团圆盛世。以此上祝国家，遍贺群友，亦自励也。

木樨香里沐清华，般若光中道无涯。
合南虔心祝盛世，明月遍入千万家。

庚子年八月十五　秋分至寒露　景仁轩

晨行曹村

　　中国北方，冬来即有暖气，干燥不适，体内燥热。内子驱车，载余至山下曹村，散步于此。因记之。

　　　　麦田铺翠微经霜，徐步郊野会冬凉。
　　　　终南阴岭舒目秀，云际晓日蕴春阳。
　　　　农家飨我新草莓，村校忆惜旧时光。
　　　　人生处处逢真趣，袭明与道共徜徉。

　　　　　　　　庚子年十月十二　小雪至大雪　曹村

午后滈河林带散步

香积寺南行里许，有滈河。清流一带，澄净如镜。两岸白杨林，鸟鸣幽深，散步绝佳去处。常邀友人同往。是日午后无事独往，因记之。

午后暖阳洒长林，漫然平步听水音。
隐隐人声隔岸远，悄悄天籁逐物新。
一气流行焕光华，万品毓秀长精神。
何处得来春消息？一朵梅花一朵心。

庚子年腊月初二　小寒至大寒　滈河

定风波·和友人

　　省社科院杨兄尚远惠赐《定风波》两阕，寓意深邃，余和之。杨兄词云："江湖自古博虚声，我自伶仃觅友行。禅机弃弄作牛马，莫怕，真心寥落付余生。哪管今宵谁醉醒，暖冷，总有兄弟候归迎。天心待唤归来处，此去，千里莫惧有阴晴。"余喜写作，多为日记琐事，赖以自娱。若词牌者，则差强矣。聊充奉和，以表区区。今录之。

　　江湖深处静涛声，个中消息与鸥盟。纶丝直下钓明月，行行，一波才起万波生。

　　天籁元音唤谁醒？澄澄，湖光山色归镜中。满怀春风无限处，去去，扁舟一叶与月明。

庚子年腊月初十　大寒至立春　景仁轩

游圭峰寺

  祥峪口西侧，有峰秀而奇，上有小寺，名曰圭峰，传为宗密大师禅观处。沿东麓登其顶，翠柏林立，修竹密处，即寺庵所在。茅檐数椽，殿宇粗构，云板高悬，禅家规矩凛然。远望主峰，矗斜阳下，披霞凝彩，山影恍然。寺内清寂，有布茶席者，邀坐同品。杯浮轻烟，汤呈金色，饮之如啜花露，回甘绵绵。相与甚欢，因记之。

华严法界涵春色，遮那毫光转香风。
山色重叠无内外，檐间铃铎时一声。

庚子年腊月十四　大寒至立春　圭峰寺

圭峰寺赏梅

　　山门两侧，有白梅、蜡梅数株，植于竹外。疏枝横斜，寒香浮动。日已西斜，山光转暗，流连踯躅于梅树之下，身心俱畅。因记之。

　　雪润香世界，翠拥玉精神。
　　蕊珠含清露，唯是可吾真。

　　　　　　　庚子年腊月十四　大寒至立春　圭峰寺

下圭峰寺前山

夕阳衔山，寒气渐凛，遂返。山色沉沉，冰泉叮咚，木叶簌簌，别是一番感受。因记之。

苍山暮色数围里，泉咽冰岩下石级。
遥望紫烟回合处，圭峰独与红日齐。

庚子年腊月十四日　大寒至立春　圭峰寺

薄暮下圭峰山

　　驱车返程，遥见市区灯火璀璨，回望山麓暮色寂寂，云泥之别也。因记之。

　　漫趁斜阳下晚钟，簌簌木叶寒渐浓。
　　华灯初上红尘里，多少笙歌醉春风。

庚子年腊月十四　大寒至立春　西太路

与二三子游耿峪

耿峪在周至,楼观东二十里。其间溪流湍急,岩峰高耸,竹苞松茂,桃夭李荣。一行人来,笑语不绝。春在何处?方寸浩然耳。因记之。

磊磊峰峦秀,潺潺溪流长。
崎岖疑无路,跋涉自主张。
溪涧转悠然,林景列奇芳。
古杏浮锦霞,山桃点红妆。
修竹披翠羽,木莲绽春阳。
青苔布巉岩,岭雪耀晴旸。
一行欢笑语,山水生春光。

辛丑年正月二十一 雨水至惊蛰 耿峪

祥峪口村小憩

  祥峪口村,有小桥横溪上。溪畔古杏成林,春来如栖云霞。桥东有程记饭店,售黄酒,店主殷勤推荐,啜饮半盏,寒薄暖生。安步归去。

  几株古杏醉烟霞,水畔黄旗是酒家。
  逢客直夸秋酿好,盏添琥珀胜春茶。

辛丑年正月二十四　惊蛰至春分　祥峪口村

雨中观湖畔花树

是日微雨,徐步湖畔。山色空蒙,水光潋滟,花树笼霞,细雨飘丝,和风拂面,心融其中,不知其他。及醒,雨霁多时,悲欣无限,难以言表。因记之。

一

细雨滋欣荣,庭树绽芳华。
锦簇若扶疏,临水照云霞。

二

青春畅襟怀,情思无际涯。
浩然天地符,乐真归道家。

三

且住歌一曲,热泪满脸颊。
多少从来事,珍重酬烟霞。

四

悦可从真性，烂漫玉无瑕。
自从征跬步，累积谁堪夸。

五

休恼白发集，正可理生涯。
人生无虚度，日月萃光华。

六

余兴犹可住，芳草念天涯。
乘风循道路，帝乡服青牙。

辛丑年正月二十七　惊蛰至春分　长安公园

祥峪溪边杏花

儿时，家有杏树，其株甚巨，望之如盖。童年之趣，可见于杏花、杏果、杏叶、杏仁。杏花之于我，纯粹天真，非其他可比也。

杨柳东风细雨斜，岩溪古杏绽烟霞。
小桥独伫不肯去，描摹神思与君夸。

辛丑年正月二十八　惊蛰至春分　祥峪口村

春日花林行

　　长安滈河之南,新建公园,湖面开阔,曲径幽邃,花树繁茂,人如在画中游。周末休暇,常与家人游其中,其乐融融。

　　但趋花荫学少年,由他人笑鬓霜斑。
　　盈盈秋水烟霞里,谁教嫣然展春山。

　　　　　　　辛丑年二月初一　惊蛰至春分　长安公园

雨后校园散步

是日细雨,及暮方歇。携女儿散步校园,寻红药之芽,观青苔之树,沾海棠之露,团柳绵之球,不胜喜乐。归来乃作。

迟暮东风布翠云,漫天雨露洒纷纷。
海棠瓣重蕊珠坠,柳絮绵湿雪球沉。
紫药红芽舒秀色,青苔绿树匀春痕。
且搁笔案畅襟怀,闲步轻歌乐天真。

辛丑年二月初六　惊蛰至春分　长安校园

晓出步行至文澜楼

  文澜楼，图书馆西侧办公之所，距公寓二里许。昨夜通宵雨细，今晨满园花开。过不高山，经昆明湖。远眺崇岭，黛凝烟岚。近望田丘，绿染林雾。无限欣荣，满心欢悦。因记之。

细雨终宵不觉寒，庭中晓树绽嫣然。
东风渲染田丘遍，远山叠翠沁轻烟。

辛丑年二月初七　惊蛰至春分　文澜楼

雨中过樊川

樊川在西安南,少陵、神禾二塬裹于东西,中有潏河流灌良田,是稻麦之仓,因汉初为樊哙食邑而得名。其中名胜荟萃,贤杰辈出,风流盛于汉唐。是日雨色空蒙,与内子驱车经过,见高杨绿新,小荷黄浅,崔博陵桃花似笑,杨将军庐柏如烟,黄发垂髫,怡然其间。逝者若在,岂无思乎?亦必额手称庆尧舜矣!因于途中作之。

雨细风微沁嫩寒,山远水近笼轻烟。
杨柳堤岸如洗碧,桃杏庄园似渥丹。
童稚放鸢望霄汉,老翁策杖步禾田。
万般春色谁染就?雅颂清平祝尧天。

辛丑年二月初八　春分　樊川

红叶李花

  红叶李花花期将尽，细瓣如雪，曼舞而下，昆明湖中，花园林下，无不遍满。也有轻飘直上，不知所之。此花虽微，然满树遍缀，暮似积雪，朝若堆霞，人行其中，恍非尘境。余关注久之而甚爱，因作。

    细瓣和香雪漫飞，轻旋满地绣成堆。
    连绵碧草开霞卷，袅绕烟波漾锦辉。
    洒落微风无所趣，吹开心籁与春归。
    飘摇远举蓬洲里，共与仙姝散供回。

      辛丑年二月初十　春分至清明　长安校园

窗前观雨中花林

好雨夜润,晨见春齐。红鲜绿泽,竞于东风之中。老杜之诗,润物情怀切切见于文字。我辈为人之师,应以此为铭。因作之。

夜雨飞丝润静林,枝头绽放嫩黄新。
繁花浓露清响密,万物自然与春亲。

辛丑年二月十四　春分至清明　景仁轩

见雨后郁金香

方暮雨细,跑步于图书馆四周。见新开郁金香数圃,真乃琼瑶之质,无语加赞,叹赏不已。作以赠王生,因呈于诸友。

翡翠碾出红玉髓,瑶天玉露润珠蕊。
东风畅怀舒锦绣,万般物华竞春晖。

辛丑年二月十四　春分至清明　长安校园

书感怀以赠善友

善友冷生居海上，通话与余。时正读《史记·高祖本纪》，因作以赠之。人生百年，于宇宙亦为一瞬耳。当放手一搏，秣勤奋之战马，提智慧之宝剑，逐志同之豪杰，唱本我之大风。如此，方不枉为人一世矣。

丈夫立志唱大风，提剑秣马逐英雄。
共与豪杰晏四海，凌烟阁上镌丹青。

辛丑年二月十五　春分至清明　景仁轩

见诸友春景照片作

四地友人，发风景照片于微信群，景色惬意，因逐帧而题，以分享欢乐。因记之。

鹭 岛

百尺高树绽奇花，却映晴空染赤霞。
海晏清平均红碧，南天春色赞东华。

茅家埠

湖翠山青映榭台，无边晴霁一鉴开。
清萍风动縠纹细，细细荷菱暗香来。

兴庆宫

谁揽春色入画屏，碧硕朱芊唱流莺。
柳岸舟停游人憩，相与桃李醉东风。

杏花沟

翠岭栖霞漫转彩，东风杏雨满山开。
帝孙罢杼人间看，王母春衣可意裁。

辛丑年二月十六　春分至清明　景仁轩

见陕南农家脱贫喜作

  二〇一六年至二〇一八年冬,三过石泉县农家。二〇二一年春,又过,已脱贫而迁新居,并开办农家乐。见余来,飨以榆钱麦饭,相叙共赞扶贫政策。盛世春晖,因记之。

青山云外浮,绿水村前环。
莺声哢柳岸,芦笋满石滩。
菜麦分黄碧,桃李杂素丹。
小童骑槛坐,老媪倚门看。
见我无多语,却邀花荫前。
石桌藤作凳,麦饭竹篾盘。
雾露明前茶,潺湲涧下泉。
相与谈稼穑,久矣疏畦田。
盛赞政局厚,都言脱贫艰。
长子开蚕厂,桑条芽绽尖。
女儿博士后,就业到海南。
此是邻家娃,大人忙果园。
谁期迟暮乐,不复记何年。
感姥飨蔬食,更惜其所言。

白发盛世乐，总角亦怡然。
何必举尧舜，推仁即昊天。

辛丑年二月十九　春分至清明　石泉

雨中过长安大道

  长安大道，北起长安潏河，南至秦岭，风景绝美。是日内子携余与女儿出游，过此道。浙江人张姓者，于道侧租地种草莓，其果甘美异常，常来采摘，因而熟识。三人设席于山下滈河之阳，漫语浅唱，戏闹追逐，将暮而还。忆及时景，因记之。

    细雨低飞燕，微风漾柳烟。
    云垂平野阔，道遇故人闲。
    翠色涤心目，溪声入涧渊。
    天开一线处，霁色照青峦。

        辛丑年二月二十三　清明　长安大道

暮春至白鹿原农庄

  白鹿原，在西安市东南，由秦岭起，向西北逦迤而行，终于灞河。是日，善友夏生携余及女儿驱车登原，小憩于农庄。原上风物，甚似故乡，颇得其趣。及暮还，记之。

花褪残红绿初齐，枝头亮景才依稀。
熏风微漾天色净，院落安和燕巢低。

辛丑年二月二十四　清明至谷雨　白鹿原

雨中见牡丹作

  寓园内有牡丹株连成圃,花盘硕大,蕊瓣玲珑,颜色华润,芬芳非常。有人写生于此,栩栩传神,妙笔生春。余驻足观看,赞叹曰:"安得东风妙,润染到我家。"其人甚佳此句,题于画上,相与欣赏。归来作记。

    东风兴意写烟霞,细雨润染到我家。
    静好芬芳掩兰蕙,雍容清丽绽生涯。
    丹青未必解颜色,情愫由衷诉年华。
    无奈凭栏千万次,一池春水縠纹斜。

      辛丑年二月二十六 清明至谷雨 长安校园

新　绿

是日放晴，东风周遍。远山近野，满目新绿，无限生机。及暮，独立树下，望女儿放学，更觉由衷欢悦，因记之。

染遍山林与汀洲，东风泛滥共遨游。
为何独立春树下？满怀欣悦无缘由。

辛丑年三月初七　清明至谷雨　长安校园

沣峪口忽逢大雨

是日暮,内子携余及女儿赴舅氏约。近沣峪口,大雨如注,不辨东西。少顷,雨细。望秦岭云凝青黛,树隐寒烟,甚是清奇。后雨止,双虹绚烂,挂于东天。回首夕照如靥,东西映艳,绮丽难描。因记之。

林树朦胧雨脚疾,云山叆叇诸峰奇。
停车暂共青霭处,还与夕阳照虹霓。

辛丑年三月十四　谷雨至立夏　沣峪口

登长安大道观景台

　　神禾原，夹于樊川、御宿川东西之间，为滈河、潏河分水岭，因唐代曾获嘉禾而得名。观景台在神禾原上常宁宫西侧，长安大道过其下。是日午后，与家人登台，极目秦岭东西之际，共诵"太乙近天都"之诗，更觉右丞之妙，在于神化，言辞朴素而迥出凡格，令人膜拜不已。及返，乃作。

隐隐远山入白云，丛林菜麦翠色均。
熏风漫野翻碧浪，溪水流连绕乡村。

辛丑年三月二十　谷雨至立夏　神禾原

骑行滈河南岸

  是日午后,与女儿骑行神禾原,沿长安大道南下。秦岭高耸,原野广袤。村落参差,隐于绿树。麦浪起伏,驭于东风。满目绿色,襟怀如洗,与女儿一路欢歌笑语,将暮方还。

春到季节绿生涯,漫山遍野藏人家。
洗涤心目敞襟怀,许与东风处处夸。

辛丑年三月二十一　谷雨至立夏　皇甫村

洱海湖畔夜行

  是日，因参会聚大理，宿于海西宾馆。暮色初降，山气夕佳，余独行，醉心于湖光山色之中。夜浓月明，云淡星疏，洱海与天空皆呈深碧，苍山之上浓云如盖。暖风习习，汀兰郁郁，观风鼓波涛，听浪哗涯岸，不胜悠然。及亥初，地数震。余于道中无所感，但见人仓皇奔室外。及归寓所，又数震，方觉。出与清华蒋公夫妇席坐湖岸，几乎达旦。期间与家人通话，要余速回，余曰："苍山有奇云，地晃之时，更觉绮丽。"二人笑而责我，成故事。曾因此戏作《地震夜宿大理海西》，寄于挂碍我之友人与学生："一夜惊魂梦未齐，忽焉红日照海西。相逢皆论云和月，犹惧今晨是昨夕。"今录之，一笑耳。湖畔独行，景色幽美，难以忘怀，因作。

云开山气静，风住镜波清。
最是天心月，与吾一路明。

辛丑年四月初十　小满　大理海西

素方舟音乐会

素方舟，大理著名素餐馆，食材考究，菜品精美。受组委会所托，承办晚宴于园中草坪上。苍山若屏，洱海一泓，席坐其间，兼习习微风、淡淡花香，恍然如梦。远望崇圣三塔，丽影照海；近有蔬食诸友，素谊如旧。有擅手碟、尺八者，席间作乐。亦有清唱遏云，不同凡响。是夕甚乐，因记之。

乐音山色入晚风，宝刹尚留余霞明。
暮鼓清萧随钟下，湖光潋滟涵古城。

辛丑年四月十一　小满至芒种　大理素方舟

听手碟独奏

是夕，于苍山洱海之间、清风明月之下，蔬食善友欢聚素方舟，盛会空前。以色列蔬友Liron Man，手碟独奏，乐音空灵，与将暝之暮色、流动之芬芳，化为一气，摩抚心神，恍恍乎入于逍遥之乡！Liron Man访余，展示所习道功。作文以赠。

    湖光山色流芬芳，天籁轻飘入青旸。
    手舞碟音混契妙，犹疑身举到帝乡。

           辛丑年四月十一　小满至芒种　大理素方舟

四月十一日夜，独步洱海西岸

是夕归寓所，无睡意，独行湖畔。碧海镜转，素辉霜飞，彩云暗度。水波微澜，浪啐细语，一路净明。不知今夕何夕，如此海西。因记之。

青天碧海一轮明，漫渡彩云过西岭。
啐岸微波入风细，素辉与我步长汀。

辛丑年四月十一　小满至芒种　大理海西

晓步洱海见日出

晨起,独步海岸。朝霞喷薄,旭日涌出,微波浮光,碧天绽妍,晓风拂面,泠泠如沐。因而歌咏。

晨曦绽放碧天妍,洱海金波渡晓寒。
岸芷舒芳团玉露,霞光写彩予苍山。

辛丑年四月十二　小满至芒种　大理海西

洱海白石溪见放舟

既行,见湖畔放舟,随波逐浪,自由自在。歌而咏之。

谁家湖畔放扁舟,系也无绳逐浪游。
偶遇石桥拱洞过,中流直趋道自由。

辛丑年四月十二　小满至芒种　大理海西

大理崇圣寺

崇圣寺，背依苍山，俯临洱海，雄踞南天。早餐毕，与西南民族大学尹公偕游。入寺中，更见塔刹景丽，伽蓝精伟，宝相庄严。直上极处，舒目放怀。云尽天开，境界俱亡；风动钟响，闻性缘起。歌而咏之。

苍山洱海萃精奇，三塔巍峨镇海西。
梵宇琳宫启崇圣，潮音天籁颂皈依。

辛丑年四月十二　小满至芒种　崇圣寺

长安大道望秦岭

是日与女儿骑行,过长安大道,于观景台眺望秦岭,青山如浮白云之上。麦色已黄,榴花初红,绿荫正浓。遂赋之。

夏气初蒸绿荫浓,南风吹绽榴花红。
麦田弥野翻金浪,叠翠南山矗碧空。

辛丑年四月十九 小满至芒种 神禾原

滈河南岸林中小憩

与女儿骑行，于林中小憩，笑靥灿烂。于皇甫村补充给养，冰淇淋各一，纯净水各一，返程。

初夏骑行绿杨林，鸟鸣山静最养心。
溪边坐忘可真趣，万物自然等疏亲。

辛丑年四月十九　小满至芒种　何家营

池塘听蛙鸣

深居钢筋混凝土之林,久违蛙鸣,坐蛤蟆滩头听之。人失其灵性,多因久违自然故。

新荷出绿萍,池畔听蛙鸣。
绕岸青蒲苇,细香入晚风。

辛丑年四月二十四　小满至芒种　蛤蟆滩

记六月五日与众善友游牛背梁

  是日游牛背梁。怪石嶙峋,清溪蜿蜒。飞泉垂练,石峡线天。一行欢歌笑语,不胜其乐。

  谁辟桃源似画轴,溪清石润有仙俦。
  泉瀑高飞来霄汉,云霞明映在蓬洲。

辛丑年四月二十五 芒种 牛背梁

出沣峪口

自牛背梁返，经黄花岭至广货街。过分水岭，至净业寺堵车，时近中夜，出沣峪口，豁然开朗，繁星与灯火相接。欢呼万岁！遂归。

峰峦叠翠一涧幽，善友相携且从游。
驰道迂回穿林树，石桥横跨越壑沟。
群山峰簇隐云雾，流水沙平栖鹭鸥。
漫转徐回出沣峪，万家灯火与星稠。

辛丑年四月二十五　芒种　沣峪口

端午晨起闻雨声

是日端阳。晨醒,于枕上静听雨声。响密知风起,枝沉为露浓;枕边蝶梦倦,耳际杜鹃鸣。家人唤起,拟出游。

半枕萦梦半枕醒,晓风细雨啐叶轻。
林间杜宇声清越,来入耳根靖玄明。

辛丑年五月初五　芒种至夏至　景仁轩

端午与家人雨中赏荷

　　山麓水寒，荷钱尚小，半混于浮萍之间。一二枝稍高者，出水面，于微雨中随风摇曳，十分可爱。与家人流连久之，因为记。

　　　　细雨浮萍小池塘，新荷舒展半鹅黄。
　　　　露珠翻滚随风下，摇曳清姿水中央。

辛丑年五月初五　芒种至夏至　王曲

端午雨中游南五台下村庄

　　至南五台下，云横山半，林隐村口，雾起清溪，翠沾人面。女儿拾穗垄上，内子拍照花间，余则采觅埂畔，各适其意，而笑语不绝。因记之。

　　漫野麦禾覆垄黄，风清雨净云气苍。
　　山色如洗招人徕，乡村端午艾粽香。

辛丑年五月初五　芒种至夏至　南五台

五月初七拂晓狂风暴雨

  是夜溽热，余不受冷气，辗转难眠。寅末，雨声骤起，凉意随降，喜记之，戏发友群内。

  湿蒸仲夏夜，暴澍黎明天。
  暑气狂飙破，雨声助我眠。

      辛丑年五月初七　芒种至夏至　景仁轩

过滈河蛤蟆滩

周末雨霁，乘暮骑行，过蛤蟆滩。山气夕佳，远岚凝烟。几处池陂，净若磨镜，红蓼绕岸，紫燕掠波。甚爱此处，坐久之，乃还。

雨霁云开翠峰峨，风轻气润凉意多。
夕阳漫转红蓼岸，燕子低飞掠清波。

辛丑年五月初九　芒种至夏至　蛤蟆滩

骑行过蛤蟆滩

是日将暮,又来池边,坐看镜波云影,静沐斜阳清风。多时乃还。

远山凝黛沐霞光,细柳疏风步斜阳。
青草池塘蛙声里,镜波云影渡清凉。

辛丑年五月初十　芒种至夏至　蛤蟆滩

与女儿林间小憩

是日,与女儿骑行常宁宫下滈河南岸。此处为家人骑行最爱路段。杨擎新绿,麦泛金黄。鸟鸣林幽,溪清泉响。看女儿之笑颜,望山水之多娇,满怀欣悦。因记之。

独爱滈河岸上林,鸟鸣泉响入我心。
无忧最是小儿女,响彻清凉笑语音。

辛丑年五月十一　芒种至夏至　皇甫村

夏至夕子午峪口

　　子午峪，在古长安正南。晚饭后，与家人于峪口溪边乘凉。坐荔枝驿处凉亭，细数与内子登山经历，兴尽而还。因记之。

　　任由皓月泛清凉，谁弄彩云爱流光。
　　山色自在泉声里，从容不碍六根忙。

辛丑年五月十二　夏至　子午峪

忆蓬山

昔日有大患，辞职静养蓬山，恍然二十余年矣。梦魂萦绕，常在山中行。思大医赐药，杏林恩深，贤友情重，无限眷念。因记之。

一

蓬山道路遥，梦里故人多。
日照松烟净，席开煦意和。
琴音涤内外，玉籁荡流波。
座上思潮起，星河诉我说。

二

千峰毓秀岚，万壑隐寒烟。
皓月空中照，春风座里煊。
霞光袭暮色，夙夜咏婵娟。
往事知多少，心光与碧天。

辛丑年五月十三　夏至至小暑　景仁轩

记二〇二〇年七月登泰山

　　七月二十一日，与济南刘公亦雄先生约登泰山。刘公儒雅敦厚，博识笃行，于我为兄为师，曾长居西安，左右亲近。后刘公以事亲故，返济南。今约岱宗，以慰阔念。是日暮，会于泰安，夜宿岱庙西。翌日，恰逢中伏，天大热。八时，入遥参亭，经岱庙，步行至红门上山。刘公熟识岱宗名胜典故，一路行来，侃侃而谈。下午五时许，达南天门。前后共计九时。若自红门起，约共七时。是夕宿天街。次日，入碧霞祠，升玉皇顶，观孔子小天下处。近午，乘索道下。于泰安火车站作别，约他日再来。因记之。

> 雄阔连海隅，巍峨入云间。
> 摩崖镌巨刻，奇迹记胜缘。
> 人物越千古，山河育万年。
> 九州萃锦绣，天地一泰山。

　　　　　　　　　辛丑年五月十三　夏至至小暑　景仁轩

乘华山西峰索道

　　是日，约诸友、携小女而登华山，因上西峰索道。遥见数索系云间，吊厢往来，凌空于雄山峻岭间。俯瞰云下，千峰飞渡。人处其中，未觉飘荡。感叹人工之能，纵李太白之浪漫玄夸，未敢想矣。余多乘索道，唯华山西峰索道最为雄奇。因为记。

西上莲花峰，缆车度九重。
崇山立万仞，索道悬两绳。
风起乱云渡，厢行稳舟平。
刻钟时未移，身举到天城。

辛丑年五月十七　夏至至小暑　莲花峰

莲花峰下镇岳宫

　　小憩镇岳宫。时见白云飞渡，灵禽来止，檐铎风响，空翠沾衣。虽在夏季，日下觉寒，方知华山之高矣。

　　　　白云渡峙岩，翠雾隐苍松。
　　　　旷谷应神秀，崇阿入碧空。
　　　　天风冷杲日，万籁契玄同。
　　　　但见青鸾下，来约皓帝宫。

　　　　　　　　辛丑年五月十七　夏至至小暑　莲花峰

华山莲花峰

莲花峰，望之最为削峻。及登其上，反不觉其危。与众友凭栏，望落雁、玉女、朝阳诸峰，半隐天际，冷风时过，寒烟少开，方窥一二。人在其中，岂非仙矣？

西上莲花峰，蹑足入太清。
朝阳隐晓雾，峻岭挺苍松。
耳目天地极，山河壮气雄。
谁堪标世界？天外峙芙蓉！

辛丑年五月十七　夏至至小暑　莲花峰

记与二三子饮酒

　　夜饮毕，驱车南行，共坐潩河岸上。夜籁寂寂，清风漠漠。望天心月，论修多罗，不觉已过子正。回首城市，灯火璀璨，宛若星河。心宇无极，安赏寂寞；莫因假我，强立偏颇。尽杯中酒，唱少年歌。惺惺寂寂，波罗蜜多。兴尽而归，遽入南柯。因记之。

酒罢驱车到东坡，天心读月颂达摩。
清风簌簌拂锦绣，云影行行弄婆娑。
莫困因缘立世界，舒怀当下见星河。
阑珊灯火寻觅处，许与芸芸梦南柯。

辛丑年五月十八　夏至至小暑　潩河东岸

子午峪口纳凉

是夕，共家人纳凉子午峪口荔枝驿。夜色如水，风爽似秋，山影绰绰，虫鸣啾啾。有村老讲左宗棠故事，不觉静思古今，感慨良多。远望市区灯火，照映云天，繁华如昼。人多迷失于繁华，而慎独于阑珊，可欲有别也。老子，其博达、精深而至于简者乎！因记之。

夜色清如水，山风凉似秋。
石亭对古驿，野径入荒畴。
岭上松影暗，草间虫唱稠。
长安北辰下，灯火耀天区。

辛丑年五月十九　夏至至小暑　子午峪

晨见牵牛花开

是春，女儿播牵牛籽，培以黄土，而移青苔其上。及夏，花藤绕栏，多缀尖蕾，小有气象。是晨，花发，乃邀小儿女辈来观。有挈小弟来者，竟思摘取，吹喇叭以求偶也。众哗笑，遂止。因记之。

紫萼映青纱，朱藤纽靛芽。
清朝分晓晕，淡暮染夕霞。
颜色天孙秀，名称银汉嘉。
小儿扮嫁娶，思想吹喇叭。

辛丑年五月二十一　夏至至小暑　景仁轩

祝贺中国共产党成立一百周年

  享今日之繁华,念往昔之艰辛。筚路蓝缕,牺牲铸成座座丰碑;殚精竭虑,仁政化作处处春风。幸逢盛世,感恩英杰;发奋当下,砥砺前行。不忘初心,永远在路上。特记之,以祝贺也,以志盛也,以感恩也,以砥砺也。

  万众倾心贺百年,担当使命焕江山。
  光明大道党性铸,盛世空前人民欢。
  锦绣中华慰前辈,英雄儿女拓宏篇。
  环球拭目谁能此?壮志豪情为国轩!

辛丑年五月二十二　夏至至小暑　景仁轩

登老君山

是月初,余还孟津省亲,数契友因同行以游洛阳。老君山,在洛阳栾川境内,属伏牛山系。因其山川秀美,时人欲辟为游览胜地,因有道观遗址,遂传为老子隐修处。因于峰顶旧筑而重构殿宇,一时成为洛西之胜,声名远播。每逢休暇,游客如云,摩肩接踵,步趋艰难。是日,友人相携登临。其十里画屏,有黄山之美。千仞峰上,镏金攒顶,晃耀碧空,云来如海,虽拟蓬莱而不为过。诸友相知,喜乐如如。因记之。

一

崇山秀水演天真,空籁松风振玄音。
多少虹霓云外客,曾凭此地长精神。

二

千里松峰秀画图,平步青云入玄都。
万顷流波承碧落,一轮丽日运丹珠。

三

翠屏十里图难收,云浪松涛泛金瓯。
玉露箫台息尘焰,天开碧落迎鸾俦。

辛丑年五月二十四　夏至至小暑　老君山

立雪亭

  禅，不属定慧，非从外来，是国人特有之参悟也，假达摩面壁、慧可觅心，而锤炼成品。其于中国根柢至深，本非宗教可以范围。雪印心珠，因结一期胜缘；砖镜鞭牛，遂致五叶传承。滥觞即成，屠儿婆子，逢人顿悟；余绪所及，勾栏酒肆，应缘归仁。国人或有不觉，成习已在其中。诚哉，立雪！济今，觅心！美矣，光风！至哉，霁月！一念今古。因记之。

一

  定水真香颂达摩，心珠雪印烁娑婆。
  当年一拜无语处，明月春风度镜波。

二

  少室唯瞻立雪亭，渊源五脉觅心宗。
  溪流广长宣祖意，晓翠清凉荡梵钟。
  雪印因缘勘色色，心珠自在可空空。
  芒鞋影迹今何在？稽首丹墀拜春风！

辛丑年五月二十五　夏至至小暑　少室山

记七月四日游嵩山

　　中岳庙，原为祀太室之所。历代构建，遂成宫室。其背依黄盖，坐临玉案，旗鼓龙虎，环列左右。堞墙之内，松柏葱茏；御道之上，殿宇巍峨。格局气度，为中州之冠。与众友盘桓久之。

嵩高何峻极？敦厚配坤怀！
效法承天象，如春育草莱。
山呼多祝愿，御道一封台。
景止仰仁化，生生肇永来。

　　　　　　　　辛丑年五月二十五　夏至至小暑　中岳庙

库峪溪畔散步

  是夕,与家人散步库峪溪畔。东峰积云如山,西照烧霞似火。暮降,月在林梢,星河低垂。未几,秦岭峰巅,电光闪烁,雷声隐隐,凉风骤降,疾返。

  月色入清溪,云霞岭半齐。
  凉风随暮降,野旷星河低。

辛丑年六月初四　小暑至大暑　库峪

初伏入石砭峪

是夕,友人载入石砭峪。有大水库,湖面如镜,凉风徐来,微波不兴。天际眉月斜挂,不胜清新。因记之。

新月挂西峰,深山暮色清。
池波微漾处,剪剪凉风生。

辛丑年六月初五　小暑至大暑　石砭峪

初伏与内子池畔赏荷

是日，与内子往祥峪口，过荷塘，盘桓久之。风过露响，光明色鲜。遂作之。

青纱碧袄扮红娇，欲语嫣然傍小桥。
晓露晨曦添好色，涟漪曼舞楚宫腰。

辛丑年六月初七　小暑至大暑　祥峪口

酷暑喜听夜雨

　　夜雨息灭暑热，倚案读书，不觉更深。调习定课，移时乃寝。是夜睡甚安。

　　夜雨读书昼耒田，合和灵药忘参玄。
　　云间几度消息断，抱月入怀正好眠。

辛丑年六月初十　小暑至大暑　景仁轩

石峡沟农舍夏凉

　　石峡沟，在沣峪内。有农家临溪涧，青瓦粉壁，翠竹环绕，行人至此，暑气顿消。与友人小憩于此，趁夕照而还。因记之。

　　　　疏竹粉壁翠岩旁，瓦舍石几果菜香。
　　　　隐隐人声松涧里，重重山色送斜阳。

　　　　　　　　辛丑年六月二十一　大暑至立秋　石峡沟

与家人闲话

　　垂暮雨住,与家人坐水亭内闲话。忆青涩时光,论懵懂年少。小女环戏左右,不知时移。忽觉风凉夜深,意犹未尽。情思话语,因境因人,释家曰缘起,今人讲条件,信乎。兴尽乃返。

雨后方觉秋气涨,一池碧水夜风凉。
闲来相与小亭坐,却话当时太匆忙。

辛丑年七月初二　立秋至处暑　西京校园

长安七夕通易坊

是夕,携内子与诸友聚雁塔西侧通易坊,漫论今古,兴尽而归。因记之。

散尽秋云新月奇,明衢亮景是七夕。
结楼乞巧今何在?偶见晴雯婺女移。

辛丑年七月初七　立秋至处暑　通易坊

中夜独步

雁塔校园,古朴典雅,林木参天,泉池流波,满园清凉。中夜无眠,独步校园。木樨香浓,秋露珠圆,树影婆娑,风气滋润。不知何处管弦断续,寂寂入耳。因记之。

只合丹桂配蟾光,泄泄明辉细细香。
叶底花珠缀蜜露,空中玉镜转飞霜。
修竹个个凉风透,银汉迢迢分野张。
谁度丝弦旷入耳,更觉廓落夜秋长。

辛丑年八月初三　白露至秋分　雁塔校园

又近中秋

夜跑，过曲水流觞，见鱼啐月影，荷摇清姿。十余年后，返此校园，而心境与年岁不同，不胜感慨。须自励，振奋精神，攻克难关。因记之。

池畔观鱼啐蓼红，镜前理鬓叹霜浓。
秋风又送清凉月，为教芸芸唤金精。

辛丑年八月初六　白露至秋分　雁塔校园

中秋赏月

是夜月甚圆。与家人赏月毕,阅心而坐。后夜无眠,坐几前。月华如水,清荫筛下点点光明。心光天光交际一念,竟达旦。因记之。

清荫筛下细风凉,户静窗明半榻霜。
凭几倚坐无眠意,但倾心光入天光。

辛丑年八月十六　白露至秋分　松荫阁

秋 分

　　是日，晨行翠华路，望远处青山，迥出尘外，思绪遐飞。人在尘世，多少扰绊，碌碌无聊。若欲成事，内养闲邪存诚之德，智具廓开格局之眼，才称职位干事之能，众有志契道同之义。我辈诚难全之。才有不能，德有不全，眼有不明，义有不逮，即使能为细事，亦甚幸矣。纵然细事，亦应筹划，不可高心小视。有感而记此于秋分日。

晨光晞晓露，岫壑溢云烟。
流水出幽涧，秀峰入碧天。
青冥腾瑞霭，红日胜轻寒。
常以秋分日，卯酉两平权。

辛丑年八月十七　秋分　松荫阁

重阳见菊感怀

今日重阳,古人簪菊登高,佩茱萸,会亲朋。春之乐,在于欣荣;秋之乐,在于澄明。无澄明何以欣荣,于欣荣更须澄明。是春是秋,造化应有我分,当力为之。是为记。

雨后崇山气象明,金风玉露颂清平。
东篱休祝黄花瘦,造化我权是春风。

辛丑年九月初九　寒露至霜降　雁塔校园

游园见落叶

秋绪宜人，黄叶入风，缤纷似蝶舞，入园散步，途中拟之。

寒林雨霁露凝霜，木叶秋阳相对黄。
送于西风留不住，蛱蝶栩栩过东墙。

辛丑年九月十一　寒露至霜降　雁塔校园

霜降日宿益生林

是日与二三友人，徜徉于紫阁峪、祥峪之间。暮云低垂，山气渐寒，澄流清冽，望村寨灯火数点，顿觉心暖。及归，暖酒，微醺而作。

山光流彩暮色浓，飞泉湍冽涧流泓。
秋声杪上动寒气，几处人家灯火融。

辛丑年九月十八　霜降　益生林

游杜陵

午后，与家人游杜陵。远山如黛，云流碧空。层林绵延，黄碧杂以赭丹，依丘壑而起伏，恰似油彩斑驳之画卷。众皆乐，咏而歌之。

杜陵原上碧空秋，枫叶渥丹共云流。
斑斓可悦层林秀，染遍崇阿与平丘。

辛丑年九月十九　霜降至立冬　杜陵原

忆清秋

　　是日将暮,行至滈河弯处(皇甫村至王曲镇),见芦花满浦,如横云雪,有柿林一带,若栖丹霞。风过草偃,远歌入耳。极目远望,南山峰峦高矗,长空雁阵影渺。凝望秦岭,不知习起何时?因记之。

谁舒长袖踏歌行?满浦芦花慕娉婷。
红叶青苔参夏梦,声声雁阵入耳清。

辛丑年十月初一　霜降至立冬　滈河

赠善友

  与友人通话，有好佛者，既不披剃，亦无所养，而游于僧家居士之间，借以糊口。余感叹久之。释曰空门，其实财币多聚之。若真僧家居士，戒净若珠，往往不顾。诈托佛名者，或以染指财币，或以结识达人，甚或勾人男女。此事古来有之，非所奇也。佛遗教所嘱，人多忽之。太虚大师有云：仰止唯佛陀，完成在人格；人成即佛成，是名真现实。致诚明而学做人，诚吾愿也。因记之，与友人共勉。

    妙湛希夷淡似无，菩提树下默然苏。
    真心坦荡非内外，放任东风与春足。

          辛丑年十月初一 霜降至立冬 松荫阁

游园见菊

午后,步行校园。金菊丛簇,碧叶扶疏。秋于菊,可谓春也。菊于秋,则其华也。春秋,在其所称也,而非时也。因记之。

秋阳雨霁是春光,攒簇精神炼雪霜。
漫绽黄金扶翠碧,天钟地毓是真香。

辛丑年十月初二　霜降至立冬　雁塔校园

高冠峪

是日，缓步高冠河东岸。鸟悦山光，风掠潭影，芦荡白雪，竹摇翠羽。听流水以安波绪，望霜林而清自心。是记之。

鸟语林幽悦自然，溪流浅唱到澄潭。
荻花映与霜筠焕，缓步平沙养内颜。

辛丑年十月初三　立冬　高冠峪

益生林晨起

晨起，户迎青山，于晨曦中呼吸，明空涵金，气象清微。静听鸟鸣，细触山幽，如寄春风。感而作。

沐浴朝晖对秀峰，清微气象入明空。
林间鸟语闻安静，握固希夷寄春风。

辛丑年十月初十　立冬至小雪　益生林

与二三子游高冠峪

小友冷生自厦门来，因约善友聚游圭峰寺，甚乐。薄暮，自高冠峪下。是夕，共餐益生林。暖酒小酌，众皆酣然，酡颜相对，皆笑。兴至而作。

山拥古寺近飞泉，道趋寒林隐野烟。
渡口斜阳浑入岸，峰头爽月半平弦。
墟集散去人声淡，灯火平添暮色安。
村落归来行未倦，红炉暖酒笑酡颜。

辛丑年十月初十　立冬至小雪　益生林

过沣峪口

是日返程,沿山过沣峪口,见秋色如染,遂驻足流连。是记之。

秋空洗碧漾金辉,寂静霜林木叶衰。
峪口溪清沙底暗,芦花照水雪轻飞。

辛丑年十月初十　立冬至小雪　沣峪口

南湖漫步

午后,独步南湖畔。暖阳普照,风动寒微,霜天万里。心事未卜,不知何止。因记之。

万里霜天秀碧峰,清明气象净光融。
风微寒细湖色静,荡漾轻波任不平。

辛丑年十月二十一　小雪至大雪　南湖

雨霁雾霾尽

　　课毕，返寓所。正午，雨霁天明，南山历历。心有所思，不知何止。静以待之。

　　终南雨霁诸峰青，荡尽阴霾气象明。
　　人生自在何所似？碧宇澄清净光盈。

　　　　　　辛丑年十月二十五　小雪至大雪　长安校园

雨中见梅花

是日微雨，天寒。将暮，往益生林。见寒泉一泓，上有梅花绽放，不觉一震。万物各有时节，静待之。

青云细雨掩终南，绕舍松筠润碧寒。
远岸梅花香彻透，清漪度影到身前。

辛丑年冬月初七　大雪至冬至　益生林

白 梅

  北风骤寒，彤云积厚，而霰雪甚微。独步溪畔，有梅初绽，疑为雪积。因记之。

    彤云万里千峰暗，暮雪迟迟未满山。
    溪畔梅花嫌雪慢，满枝香雪绽寒天。

        辛丑年冬月十二　大雪至冬至　益生林

林间晨行

　　山间雪积尚厚。晨起，徐步林间。岩下露润，苔色返绿；泥中雪融，草芽正萌。冬凛寒而春已孕，此正是否极泰来，阴极阳生。道法自然，律历如此，人其异乎？长养浩然，生机恒在！何所虑也！遂返，是记之。

　　　　旭日烘霞裇满山，高枝向暖雀声喧。
　　　　浓霜化露枯石润，旧雪融泥细草妍。
　　　　涧底泉开游雾气，竹根壤动蕴雷鞭。
　　　　精微感应知阳透，静待春风满怀煊。

　　　　　　　　辛丑年冬月十六　大雪至冬至　圭峰寺

画中观雪

课余翻看画册，有雪景一帧，观之仿佛其中，冰寒难耐。因记之。

长云暗碧峰，暮雪洒江天。
树影摇风色，波流动野烟。
荻花封岸口，雁阵下平川。
远望寒岩下，渔人撤冻帆。

辛丑年冬月二十七　冬至至小寒　松荫阁

二〇二二年元旦感怀

疫情加重，自十二月三十日起，小区封控，余做志愿者。每日上午八时，引导医生入户做核酸检测。此后，逐户登记日用补给，按单购买，逐户送达。交接完毕，已至午后三时。志愿者中，尚有七旬以上长者，令人敬佩。非常之时，方见人心。身累心悦，精神得生，反旺盛于常时。达于天命者，岂非志担其任者乎？！有愿而实行，此其得天命者也！以微劳而得天厚酬，感而记之。

人生精进志存常，水长山高日月光。
巧在勤中藏妙技，福依厚处蘖根芒。
云空雨霁凭谁启？鸟语花香有主张。
但教精神乘浩气，能开锦绣蓄春芳。

辛丑年冬月二十九　冬至至小寒　松荫阁

山 松

寓所前后，巨松环绕，青葱非常。忆旧居山中，松高千寻，连绵成林，戏游其中，往往移时。往事悠悠，结成心铭。因作之。

安身静诣养葱青，澡雪披云一老松。
睥睨狂飙摇翠影，挺拔劲干踏孤峰。
虬枝挽月听露响，碧盖裁霞映日升。
过客弹评多少事？擎开碧落湛然明。

辛丑年腊月初九　小寒至大寒　松荫阁

岁末有感

　　近岁末，疫情依然，日做志愿者，虽劳而乐。其间，感慨良多，亦感悟良多。人生太平盛世，不可无灾患之备，遇事有策有力，方不荒所学而致其用也。默识之。

岁月无痕亦有痕，天光长焕鬓霜新。
暖阳不醒痴人梦，冰雪难寒上士心。
江风会向征帆度，好雨常怀润物真。
且与光阴搏一场，春风度予耒耕人。

　　　　　　　辛丑年腊月初十　小寒至大寒　松荫阁

见池畔梅花有感

　　曲水流觞之畔，有砂梅数株，花发满枝。时疫情封控，寂寂无人。余做志愿者，为老人取药，过此而饱眼目。念近郊远野，平湖高山，云树烟林，村寨聚落，老幼男女，笑声欢语，何其宜也。因记之。

　　　　春来有信发红萼，绕户清渠绿水多。
　　　　旷野连山接霁色，平林带雾隐村郭。
　　　　粗腔震鼓村社戏，细雨平湖縠晕波。
　　　　假日儿童学课少，追逐笑闹满林坡。

　　　　　　辛丑年腊月十二　小寒至大寒　雁塔校园

望 雪

　　即暮，天大雪。于窗前凝望，思山中江畔，雪何如之。又忆山中所乐，泥炉烹茶，环长者而听故事。炉上水汽蒸腾，林间雪压木断，满室春风，与窗外风雪纷纷相映成趣。思绪遐飞，不觉移时，因记之。

　　　　密雪入风疾，阶前霰粒匀。
　　　　残荷枯盖覆，远浦暗波沉。
　　　　重林闻断木，旷野少行人。
　　　　山居安所乐，炉红满室春。

　　　　　　辛丑年腊月二十一　大寒至立春　松荫阁

五乳峰

是日解封，众人涌走街上，园门一时堵塞。余熟睡半日，无须再做志愿者矣。午后，展画册于窗前，观其墨色笔触。有达摩渡江一幅，神态逼真，细观久之。如画中达摩者，有面壁、渡江、抱钵、托履、瞑目、竖指等种种不同，已成文化符号，僧者以为僧，俗者以为俗，而又不专在僧、俗列。如大肚弥勒者，世人既不知其为禅僧契此，也不知兜率弥勒为何，而皆云笑笑佛，反成世俗文化之符号。余在海外某大学孔子学院，见大肚弥勒像有三，而孔子像仅一，不禁哑然。因记之。

浪簸风颠一苇航，云拥五乳且深藏。
安心必待真痴汉，立雪唯钦妙高幢。
只履春风留影迹，千江秋月演清凉。
自从拜下丹墀后，震旦花开五脉香。

辛丑年腊月二十二　大寒至立春　松荫阁

忆江南·步行至长安公园

　　二十五日返长安。二十六日天晴，内子携女归宁，余步行之长安公园。经西长安街，人流熙熙。入园，罕有人至。湖畔柳色返青，残雪尚厚。梅影泛于湖泽，流芳沁于微风。远山如洗，长空一碧，好一个天高地阔，方知真解封矣！因作之，以庆贺也。

一

　　长安好，初日照通衢。天气青妍开晓镜，朝霞红晕染春衣。人我乐熙熙。

二

　　湖畔雪，半与水波齐。撷取梅花香馥郁，焕匀山色入涟漪。徐步度沙堤。

辛丑年腊月二十四　大寒至立春　长安公园

辛丑除夕

  是夜守岁，依俗焚柏香，驱秽安神。拜问父母毕，看春晚直播。内子暖酒，对酌数杯，小女嘻嘻，互道祝福。是记之。

    在望南山润，东风陌上足。
    寒轻梅欲放，腊尽柳将舒。
    守岁开新宴，迎春换旧符。
    开封倾玉酿，笑取大白浮。

      辛丑年腊月二十九　大寒至立春　景仁轩

壬寅岁旦

　　晨起，依俗焚柏香，迎春接福。拜问父母毕，吃饺子。女儿拜年，发压岁红包。出门南行，望秦岭信步，三人笑语行数里，乃还。共备美食，做诸福事。特记之。

　　　　海日开天色，崇山耀曙光。
　　　　千家传笑语，万户降祯祥。
　　　　敬祝椿萱健，躬培兰桂芳。
　　　　春风十万里，大道遍遐昌。

　　　　　　壬寅年正月初一　大寒至立春　景仁轩

初春山行

　　皇峪，在子午峪与沣峪之间，由此可达翠微峰，在唐为禁苑。是日，有友人来，载余至此。谷中尚寒，然冰泉已释，草木返青。有锦鸡十数余，甚艳丽，与我等进退。深山残雪犹深，融为冰凌，险滑难进，遂返。望山巅而约，以待春暖。因记之。

　　　　林间鸟语喧，岭际曦微白。
　　　　野径晨霜涣，幽峡沴气开。
　　　　岩寒花鼠静，日暖锦鸡来。
　　　　放眼巅峰看，春阳自满怀。

　　　　　　　　　　壬寅年正月初十　立春至雨水　皇峪

观少岩先生墨宝

少岩先生者,书道巨子也。先生少时,颖晋书林。既成大家,不厕虚华。先生金石,更为一绝。初识先生,曾冒昧求闲章一枚,先生慨允。后连年疫情,未敢期。及相见,先生则出润玉一枚,余喜出望外。上镌"真水无香",朴素至简,精神通透,与座者皆以为玄品。余宝以砥砺,怀不示人。是日至中和昌,见壁上墨韵,凝目瞻视。裴吴剑带,集双艳于一轴,其非先生乎!余乃追记此事,以申敬慕!

中和昌内茶香浓,壁上书轴墨色清。
点若流星奔秋夜,撇如舞带解春风。
金钩铁马寒刁斗,玉籀狼山勒战功。
势透锦帛辐重稳,危削华岳仙掌倾。
兰幽桂韵侵香篆,水漾云行动霁空。
雪浪千重归碧海,长河九曲入渤瀛。
清澄静谧湖心月,秀丽光明雨后峰。
我本愚顽难解释,观之竟教六门通。
神行笔运灵犀会,气蕴德培道自征。
幸有真人宣至宝,流传法印禅书风。

壬寅年正月十三　立春至雨水　松荫阁

晨行校园

杨花垂蕊,海棠浥露,春色满园矣。因趁晨光而步其中。记之。

鹧鸪啼声远近随,白杨窗外穗花垂。
春来妙处几人晓?雨霁清晨步芳菲。

壬寅年二月初四　惊蛰至春分　雁塔校园

少年游

二〇〇四年五月与内子相遇，忽焉二十年矣。忆与内子初识，好春游，长安山水辄遍。内子喜《诗经》，好景会心，则朗诵。或自度曲，高唱于水滨山麓。若兴至，则舞蹈，无不欢畅。韶华相伴，高山流水，柴米油盐，教女灯下，膺职人前，而今其有彼此哉！今拟此文，相感恩也。

曲江池

曲江池上花欲燃，乐游原前柳似烟。
雨霁青山明景润，光涵碧宇物泽鲜。
簪花赴宴开元梦，点鼓流觞永乐天。
年少长安谁解醉，春风把盏自然酣。

太华山

沃雨冲云太华巅，飞霞照海待龙轩。
凭栏相艳千寻彩，执手从容万仞山。
露润青松神骨秀，云开晓镜玉山妍。
驰风揽月流波倦，倚枕莲花卧碧天。

春晓园

红药斜插云鬓边，霓裳玉带步芳颜。
春风乍暖添颜色，暮雨方晴助秀娟。
缓步亭亭盈月露，清歌在在漾心泉。
簪花默语酬相对，似有灵犀一粲然。

太平峪

春风解我住长安，绿水青山俱是欢。
峻岭高拔青霭上，浮云漫掩长林巅。
披星抱月闻清响，向日拂云览众山。
傲啸孤峰非我事，的的情暖是人间。

癸卯年二月十六　惊蛰至春分　松荫阁

周末南湖散步

　　南湖者，隋唐曲江遗址也。隋唐长安，依六岗而建。六岗者，从秦岭下蓝田，迤逦望西北而来，至平原，则为东西走向，如《易》之乾。皇城建于九二，利见大人也。兴善寺处九五，执柄者自牧也。大雁塔筑于九六，亢龙也。乃引终南之水，自南而北，流灌六爻，出太液而入渭河。曲江者，入城之水道也。唐时风流景胜，冠甲诸坊。今称南湖，风景绝佳，攒簇光辉。

　　　　苍松擎碧宇，弱柳笼轻烟。
　　　　岸上人如醉，江头花欲燃。
　　　　竹鸢腾渐渺，稚子跃而欢。
　　　　感念春风遍，精勤报盛年。

　　　　　　　　壬寅年二月初九　惊蛰至春分　南湖

清凉台

  友人游白马寺，以我家乡近此，发清凉台、焚经台照片来。清凉台者，汉明帝读书于此，后为高僧摄摩腾、竺法兰藏译之用。金人入梦，高僧东来，贝叶浮屠，遂至中土。佛祠名寺，实肇于此。中州佛教之盛，全赖于此。出寺南行数里，有二土垒，传为汉焚经台。读六朝书，无片言记。时道教未有，何来此说？亦老子化胡，纯属妄谈。清凉台者，实如其名，予众生以清凉；焚经台者，亦如其名，扇迷人之嗔火。两处相对，则见真僧与庸夫之别矣。与友话良久，因记之。

  汉魏国西筑垒台，觉音震那始弘开。
  真僧智演清凉教，贝叶经安般若胎。
  月照绳床明相净，香熏法界戒珠怀。
  幢幡动处风安在？挂角生春浩浩来！

         壬寅年二月十七 惊蛰至春分 松荫阁

忆故园古杏

  故园旧时有巨杏，童童如盖。其花发时，馥郁邻里。每逢此际，则约小儿女辈来树下玩耍。园内红药初发，榆钱正嫩，兼狸犬相逐，蜂蝶成阵，天真欢乐。今忆之，不及也。

  春花独爱杏，为忆少时乡。
  百草芽初绽，群蜂阵正忙。
  小犬行难济，雏鸡羽尚黄。
  都来古树下，相与沐春芳。

壬寅年二月十九　春分至清明　松荫阁

三月初三晨散步

  时近清明，节及暮春，与家人步行南湖。春晖流波，暖风拂面，柳绦轻斜，花露沾衣。遂诵明道先生诗句，"时人不识余心乐，将谓偷闲学少年"。内子因问："汝还识东风面乎？人人皆乘东风，何以唯汝心乐？！"余对曰："汝大乘人，吾不及也。"相视而笑，遂归。伏案展卷，方塘活水，天光云影更丽于南湖。因记之。

    云烟柳岸行人醉，雨露花蹊布履沾。
    纸鸢浮空开霁影，荷钱漾水走珠团。
    山河大好春风暨，治道遐昌兆庶安。
    岁月深藏驱蠹案，韦编与我养浩然。

壬寅年三月初三　春分至清明　南湖

谢善友馈鲜笋

小友茅生远馈新笋,紫甲青苞,甚鲜美。竹者,高节之谓也。今食竹,当以志凌云也。因作以赠之。

春雷惊笋梦,好雨润筼才。
紫甲冲坚土,青苞缀细苔。
辛劳贤友馈,脍炙朵颐斋。
勉立凌云志,龙吟海印开。

壬寅年三月初五　清明　松荫阁

松下独坐

  图书馆，碧瓦青垣朱牖，由梁思成设计，中藏瓦书，为镇馆宝。四周松竹成林，时卉竞放，槐荫清凉。夜间散步，喜坐馆前松荫下，望天际月，赏阶前草。花缀夜露，风带清香，远籁入耳，若无似有，无边静谧，甚愉悦，因记之。

      晚坐疏松下，空明流月华。
      圆光凝夜露，宿鸟隐春芽。
      净籁从花落，真香自体发。
      无心通旦暮，任意照云霞。

        壬寅年三月初九 清明至谷雨 雁塔校园

步行湖村

　　将暮，与家人过湖村，因见其溪水环绕，燕子翻飞，垄麦泽碧，岸林含烟，信步独往。风色轻暖，满目生机，不觉时移。内子唤余，乃还。

群芳初褪却，绿树正含烟。
燕语桑榆里，溪流社曲前。
儿时常似此，长大却难全。
满眼生机阔，天真畅自然。

壬寅年三月初十　清明至谷雨　湖村

神禾原上望秦岭

是日雨霁,将暮与家人上神禾原。远望崇山入云,近观麦田涌碧,万里长空,顿舒胸怀。因记之。

雨霁时初夏,驱车向碧山。
峻岭拥云树,晴岚洗翠烟。
平丘接峭壑,古道入高塬。
缓步夕阳里,斜晖度麦田。

壬寅年三月十六　清明至谷雨　神禾原

雨中子午峪

　　是日友人约赏鹃梅。登翠微，见鹃梅盛放，如雪掩翠树，芬芳流溢。时细雨如丝，薮丛露重，横塞古道。未几，雨渐密，乃返，途中避雨蔷薇架下，花露满襟。友人自嘲曰：他日莫言片叶不沾身。因笑记之。

　　　　　　绿野低烟雨，青峰过岫云。
　　　　　　鹃梅失古道，鸟语旷山村。
　　　　　　汛涨宽溪岸，桥滑少路人。
　　　　　　避雨蔷薇架，芬芳缀满襟。

　　　　　　　壬寅年三月二十七　谷雨至立夏　子午峪

见儿童图书馆前读书有感

是日课间,见群少儿读书图书馆前,童声稚嫩,朗朗有节,十分可爱。因有感焉。

晨光花浥露,漫步度芳菲。
鸟语啾啾啭,书声朗朗回。
青春诚可爱,岁月谨能追。
汗牛名山志,当年付与谁?

壬寅年三月二十九　谷雨至立夏　雁塔图书馆

踏莎行·五一

是日取道神禾原。行至高处，舒目四极，烟村相望，丘田起伏，峰峦连绵。天际云霞轻飞，弥野色彩如染。歌而咏之。

陌上春风，不期难遇。终南尽染含烟绿。飞花解语悦欣然，呢喃燕子穿杨絮。

田野连绵，起伏彩序。芳菲弥望云来去。参差村落隐烟霞，驱车贪向南山趣。

壬寅年四月初一　谷雨至立夏　神禾原

清平乐·益生林晨起

晨起，与曹生洒扫庭院。蔷薇绽彩，芭蕉舒碧，柳絮飞雪，流莺千啭。春晖满院，心止之。

曦微初绽，岭表霞光淡。叶底流莺千百啭，枕梦听琴未倦。

晨露团翠莹然，芭蕉移向窗边。洒扫庭中杨絮，春晖铺满阶前。

壬寅年四月初二　谷雨至立夏　益生林

初夏登圭峰寺后山

是日,携曹生登圭峰寺后山,溯涧溪而上。及巅眺望,曹生为指逍遥滩。羊道或湮没,随行随探。时槐花正盛,流芳满山。将返至圭峰寺,坡上黄色花朵丛簇,十分可人。少憩圭峰寺,返益生林。

蔷薇浥露满溪桥,散坐松荫望岭高。
万壑林深烟拢翠,孤峰雪艳冷侵霄。
白云起处山村隐,绿水澄时树影娇。
碧宇晴旸光色湛,何须定慧去烦恼。

壬寅年四月初二　谷雨至立夏　圭峰寺

浣溪沙·祥峪口村

是日众友聚益生林，午后游圭峰、高冠等处，迎夕照还。晚餐小酌，甚乐。因记之。

十里东风染暮春，圭峰山下杏溪村。红蕖流水照白云。

山气夕佳归燕子，晚霞烘月细眉匀。疏星岭际耀天深。

壬寅年四月初四　谷雨至立夏　祥峪口村

神禾原上望樊川

是日因友人来，游神禾原，至马村岭上东望樊川。少陵原杜公祠、兴教寺等，历历在目。潏河如带，流灌于碧野之间。村老指点山水，为说樊哙故事。因记之。

燕子翻飞麦秀芒，晴川四月泛泽光。
两岸杨林风色翠，一脉潏河稻谷香。
塔刹云开兴教寺，松竹雨润少陵堂。
村人指引说樊哙，走马山河佐汉皇。

壬寅年四月初八　立夏至小满　神禾原

夜雨读书

夜雨如诉,伏案窗前。户外高杨,风过露响。远处犬吠,隐隐入耳。开卷灯下,如对故友,诉慕由之。是为记。

夜雨润嘉禾,好书似故人。
云湿兰径促,露重桂枝沉。
犬吠疏林外,花铺满院深。
檐滴从字句,诉慕入吾心。

壬寅年四月初八　立夏至小满　松荫阁

小满月夜散步

是夜清凉，下弦月迟。步出校园，至文苑路，望秦岭而行。山廓清寂，星月皎洁，尘劳尽释而觉草木真香。至终南大道，小憩于考古博物馆，乃还。因记之。

皎月澄银汉，疏星窈碧穹。
霜飞山廓暗，气润夜风清。
朗朗弥原野，融融悦净明。
溪深流水寂，汩汩到桥东。

壬寅年四月二十一　小满　景仁轩

七夕携家人坐望终南山色

　　是夏大热,初干后湿,喻以火炙水蒸而不为过。因七夕,与家人坐水亭内,闲话暑溽与疫情。觉环境变化,渐趋非常。人应置身至少三维度中思考,即人与自然、人与社会或人与人、人与自我,人与自然最为基础、重要,离此,其他二维将不复存。然人多陷于人与社会、人与自我中,而害人与自然。老子曰:"天之道,损有余而补不足;人之道则不然,损不足以奉有余。"老子,其真智慧达者也!因记之。

> 雨霁参天碧,云开荡气青。
> 斜晖开翠黛,皎月渐昏明。
> 岭际霓霞焕,湖泽影像重。
> 凉风来水榭,满袖藕香清。

壬寅年七月初七　大暑至立秋　西京校园

春日皇皇

是月中，返孟津省亲，父母安乐，姊兄顺遂，甥侄皆有所成，甚欢悦。家园润泽，松竹熠熠，田垄欣荣，黍豆泱泱，不由心归之。我本田家子，其意在稼穑，何以去桑梓，西辞山河阔。春风耘我籽，细雨因成硕，日月茂其华，所以百室获。秋酿隔冬熟，君子时来过，粗瓷列陶盏，相与盛琥珀。非因旨醴醇，义投而相坐，微酣共耘田，独乐众乐乐。既解其中乐，千耦而共歌，光泽嘉禾上，天地与灼灼。因歌以记之。

> 春日皇皇，载欣载荣。
> 耘籽其田，在畦在垄。
> 骎骎君子，可与同行？
>
> 细雨霏霏，载润载滋。
> 葵藿舒泽，在原在隰。
> 绯彩君子，可与襄止？
>
> 东风洋洋，载煦载妍。
> 黍稷方华，在野在园。
> 廓落君子，可与归闲？

众人行行，载获载往。
百室莫止，在献在飨。
徘徊君子，可与酾酿？

君子控辔，不失其驾。
唯我依依，宜春为佳。
君子光采，不失其时。
唯我行行，靡意违迟。
君子居止，不失其善。
唯我景景，终克莫断。
君子盘桓，不失其中。
唯我澹澹，于道斯景。
彼君子兮，可与道兮。
哲与道兮，共襄之兮。
不我孤兮，为作燕乐。
熙熙君子，唯命作之。

壬寅年七月二十一　立秋至处暑　孟津四冢

感李生赠兰花

　　时逢中秋，小友李生，惠赠建兰。置供案上，端静娴然，真香盈满，其如禅者欤！时院内丹桂盛放，花气袭人，可谓兰桂齐芳，内外相应。及暮，空中朗月，花上清露，交相辉映，宛如摩尼宝幢，于一珠内普含法界。情与无情，同圆种智，信夫？

谁从幽谷里，置我小轩旁。
不借东风势，元居王者香。
葳蕤舒簇碧，静好绽轻黄。
月色托风露，邀来共素光。

壬寅年八月初九　处暑至白露　景仁轩

小阑干·秋宴

中秋将至，与诸善友宴饮于状元红。群贤毕至，少长咸集，觥筹交错，满座春风。因记之。

何须尘外仰天高？欢宴众士豪。长空皓月，桂花醴酿，不让春宵。

万顷碧浪红霞卷，旭日一轮骄。千山光耀，羽飞鳞跃，具在心潮。

壬寅年八月十四　白露至秋分　状元红

过御宿川

御宿川，西安市长安区地名，东南起王曲镇，西北止贾里村，因汉武帝止宿，遂为禁苑而得名。是日午后，与家人来游。归犊哞哞，秋果累累，山峦晕彩，疏林景秀。途中见稻田数顷，稻香四溢，流连至暮。因记之。

天开光霭净，日照秋林疏。
水落白石现，云轻碧气浮。
草浅归犊道，枝垂硕果株。
西风抚稻浪，漫野金涛凫。

壬寅年八月三十　秋分至寒露　御宿川

忆江南·晴秋晨行

寒霖久积，人心不舒。是日，天意忽霁，乘兴出游。久违山水，不觉秋意已浓。归来作记。

一

寒霖住，旭日破云浓。霞映明空天色碧，光盈秋叶醉人红。篱畔簇菊丛。

二

雄山廓，万里矗西风。荡尽阴霾开碧落，金涛喷日涌光明。心宇是天穹。

三

终南望，谁染壑峦重？林麓云开峰似聚，人家隐入炊烟平。秋色霁空明。

壬寅年九月十四　寒露至霜降　景仁轩

菩萨蛮·秋江

　　一九九五年十一月，因公事诣江津，涉江乘舟。秋江一碧，芦花荡雪，枫叶渥丹。舷栏远眺，暮日将沉，朗月初升，双璧交映波心。时一身孑然，会心无语，徒哂冷江。恍然近三十年矣，不胜感慨。游长安公园，见湖岸芦花、红叶相映成趣，因忆之。

　　秋江一道西风晚，蒹葭横雪渔歌远。红叶醉青山，水流天际寒。

　　数声归来雁，冷露芙蓉岸。帆影渺空岚，落晖满翠岩。

壬寅年九月二十四　寒露至霜降　长安公园

生查子·忆江津渡江

  北人初到江南、湘楚、蜀地，山川人物皆不同，目不暇接，留恋难忘。然今日之思难拟往期之怀，其人生仓促之憾乎？！曹孟德之"对酒当歌，人生几何？譬如朝露，去日苦多"，怀雄语真，其性情之极而衷于生命乎？！忆江津暮景未尽意，又作。

  西风江影寒，晚照层峦染。秋色老梧桐，落雁芙蓉岸。

  荻花汀雪白，独自凭栏倦。孤月上东山，何处飞霜暗。

壬寅年九月二十五　寒露至霜降　松荫阁

行香子·年少独行

岁月无凭，少年匆匆。鬓发有迹，渐染银丝重重。的的行来，山一程，水一程。不厌槛楼，只待春风。蓬山有遇，镜台曾逢。踏岭头雪，置天际虹。多少英雄气，锻炼一袭明。问我谁家子？乡关在道中。夜半无眠作。

年少独行，何事峥嵘？海天际，月涌潮生。长风摇碧，万丈波横。激荡云电，斡枢斗，许河清。

溪山道远，跬步无停。解垢衣，料理春风。细勘来路，自是亲逢。回望千山，天地阔，正光明。

壬寅年九月二十五　寒露至霜降　松荫阁

二〇二三年元旦

元旦将近,人们可劲燃放烟花爆竹,似乎要驱散阴霾,告别那段岁月,迎来绚丽的春天。书经云:"天视自我民视,天听自我民听。"爆竹声声,远近连绵;烟花朵朵,照彻天地。这不正是人民真心的表白吗!今日元旦,衷心祝愿祖国繁荣昌盛、人民幸福安康!

凭谁知岁月?远近爆竹声!
水畔梅花瘦,山头大雪丰。
人言观谔谔,世事阅峥嵘。
朗月中空里,天光分外清。

壬寅年腊月初十　冬至至小寒　松荫阁

鄠邑重阳万寿宫

重阳真人者，全真开教祖师也。名嚞，号重阳子，骨骼雄浑，义气慷慨，祖居咸阳大魏村。试春闱不遂，乃中武举。时北宋初陷，刘齐当政，真人无所用，委以甘河酒税吏。因遇吕岩，易装处士，筑墓庐，环以棠，曰："浑四海道风为一家。"道成，乃云："儒门释户道相通，三教从来一祖风。"时金寇猖獗，文教荒芜，人心飘荡。真人秉儒家诚明、道家玄德、佛家智觉，倡性命全真，赓续道统，培养光华，深得士民之心，非区区道教堪张其怀抱也。传道登州，得其髓者马丹阳、王玉阳、谭长真、刘长生、丘长春、郝广宁、孙清静等，世称全真七子。至开封，将羽化，嘱马、谭、丘曰："返柩关中，绳断落地，即吾藏蜕处也。"其弟子守墓六载，草创庵堂，为祭祀之所。后七真苦己利人，长春雪山止杀，大保百姓，其道弘行。元廷敕建大重阳万寿宫，尊为甘河仙源。即今西安鄠邑区祖庵镇重阳宫也，为全真祖庭之冠。将近立春，友人携余出游，取道关中环线，沿秦岭西行，至甘河北向，抵重阳宫。红日腾辉，天气晴和。秦岭诸峰，积雪光艳；田间菜麦，翠色流泽。人流熙熙，时逢村市；宫墙穆穆，径达祖庵。瞻仰遗教，作文怀之。

南山雪霁群峰秀，初日光曦万象欣。
道取甘河一脉润，诀留秘篆几人忖？

棠华映墓阴斯尽,杏树封丘炁自浑。
玉骨金声谁契妙?光天丽日肇全真!

     癸卯年正月十二　大寒至立春　重阳宫

立春感怀

  是日立春，徐步东南郊野，迎春也。春阳耀玉，东风寒轻。柳突翠米，梅绽赤珠。南至周庄，村市熙攘，晋周处族居也。社火铿锵，纪念周处也。东跨潏河，浮屠高耸，唐净土首刹也。佛号悠扬，法承善导也。东眺神禾，学府棋布；南望秦岭，云岚霞蔚。信步而行，暖腾寒销，微蒸细汗，兴适而返。因记之。

     感应精神正气发，东风浩荡自天涯。
     秦山雪润松竹茂，渭水霞明景象嘉。
     芷岸湖平天镜阔，云岚雨细縠纹斜。
     浩然养就春无尽，恒于天心放光华。

癸卯年正月十四　立春　景仁轩

癸卯上元

是日上元，将暮，独步返长安校园。朗月东升，烟花竞放，月至静而烟花至闹，月至清而烟花至繁。月与人行，静谧无间。烟随风散，惆怅难言。一瞬之绚烂与恒常之光明，岂非人与自然之写照？年年岁岁，岁岁年年。弘毅前行，莫辜负，盛世华年！是夕难眠，因记之。

新春接上元，万户尽宵欢。
圆月天穹朗，群星人世斓。
烟花流火瀑，霹雳震尘烟。
岁月无由尽，人生有限年。
惜春期脚下，志愿许身前。
莫叹白发早，从来未等闲。
何须鞭影策，千里奋蹄间。

癸卯年正月十五　立春至雨水　景仁轩

江南春·初春

　　是日微雨，步行南郊。云低田野，寒薄衣衫。秦岭朦胧，隐隐一带。滈水潺湲，淙淙西流。下神禾原，抵何家营，乃返。

　　天雨静，晓山青。云低阡陌上，湿雾带寒浓。人家隐隐林烟里，春醒流波随我行。

癸卯年正月二十三　立春至雨水　景仁轩

读《阴符经》

读《阴符》，不觉日迟。丹道者，乃我中华之绝学也。奈何今人以宗教视之，实误导也。丹道起于春秋之先，时尚无道教，乃为士持命之功夫也。后道教专为己有，借以体验生命之神秘境界，而支持其仙道信仰也。实乃先有丹道，后生道教者。究其极，追求生生之无限，以期返还生命之本元也。凡世间呈现规模之事物，均有势力运营、专人倡导，数经诠释，各济其名利。愚者不觉，人云亦云而成俗式。获益其中者，推波助澜，不惜以荒诞之说勾贪吓懦，隐其忌讳而攻诸异端，遂成汹汹之势。老子云："众人熙熙，如春登台。"正所谓也。丹道，以道德、中庸明其道，以周易、阴阳象其理，以阴符、赤符精其法，鬼神知其何谓也？！感怀而记之。

　　　　　白杨穗渐长，迟日鹧鸪啼。
　　　　　远瞩峰峦靓，遐思涧麓奇。
　　　　　天妍琢碧镜，水湛漾清漪。
　　　　　命驾逐云景，山深畏路歧。

　　　　　　　　　　癸卯年二月初六　雨水至惊蛰　松荫阁

圭峰山下杏花

  是日自益生林西行，将近紫阁峪乃返。溪畔道旁，杏花绽放，如春阳之照云霞，若琼林之映霁月。兼以草长莺飞，水流云行，天光物泽，无限美好。拍照数帧，因记之。

    日暖晴岚净，风匀淡抹娇。
    明霞垂碧落，倩影写溪桥。
    草长茵茵渐，莺飞泄泄遥。
    几时群玉见，相对忆今朝。

癸卯年二月二十　惊蛰至春分　益生林

南 岩

　　三月二十一日，起意游武当。侵暮于引镇乘火车，次日凌晨将近二时，至十堰。上午十时，至武当山门。十一时乘景区大巴至琼台观，瞻游毕，即乘索道至金顶。太和宫以紫虚元君为主尊，在当今宫观甚罕见。由此可知，太和宫于唐宋已为极盛。约中午一时下明神道，至南岩，略住。下午四时，至紫霄宫，流连久之。近下午五时，至太子坡。略作盘桓，即下山返十堰。次日凌晨，于引镇下火车，返长安。休整后，两腿行走如扶孤拐状。虽极疲累，然精神振奋。累有所值也。

　　　　　春风送我到南岩，啼鸟飞花雾半山。
　　　　　遥望丹江澄碧露，仰瞻玉柱泛金岚。
　　　　　琼台道韵涤浊垢，紫霄经坛步斗垣。
　　　　　太子读书何所事，尘烟洗净入尘烟。

　　　　　　癸卯年闰二月初一　春分至清明　南岩至太子坡

宝鸡印象

  二十四日晚，至宝鸡，李兄夏祎接至市区，欢饮夜半。翌晨雨霁，于宾馆高层四望。白云雪浪，流霞溢彩。人声车声，苏醒于雾霭之中，如在蓬莱游。中午，李兄接至家中。嫂夫人厨艺精妙，做岐山臊子面，大快朵颐。午后，与李兄骑行，沿渭河生态公园东行，至市政府后，折行上北原。原上北行数里，转而西行。长坡滑行至谷底，再折西南上原。行至顶巅，在西府古街哐多种小吃。继而折行东南，下半山，至金台观，休整。再望宝鸡市区，灯光璀璨，车流人流，烟火人间。与李兄坐半山上，夜风习习，新月如钩，闲话大学趣事，不觉时移。人若能再少年，依然懵懂吗？及到李兄家，计其程，已百余里。李兄夫妇善教子，子甚贤。因记之。

  陈仓晓色半围山，满谷白云覆渭川。
  南岭霞明松郁郁，北原雨霁柳姗姗。
  周秦气象民风厚，陇蜀关亭月色闲。
  骑行百里晨昏换，却坐金台话少年。

癸卯年闰二月初四 春分至清明 宝鸡

丁 香

是日晨行校园。细雨微风中，一树丁香，斜倚竹篱上，如卧紫云。其香馥郁，开我灵窍；其彩照人，养我精神。欣悦不已，因记之。

半掩竹篱护紫云，新妆彩毕满幅春。
微风不动清露重，细雨无遮馥霭淳。
簇簇芳华说烂漫，团团锦绣毓精神。
东华自是君心就，各把天光细绘匀。

癸卯年闰二月初八　春分至清明　雁塔校园

晚晴见紫藤花

及暮雨霁，徐步操场。儿童玩耍于紫藤花架下，斜晖点点筛下，映照笑靥，真是春风雨露，率真自然！满心欢悦，因记之。

满架轻黄络紫烟，晚来雨霁露光团。
春风自在香云界，朗月谁勘枯木禅。
莫喻葛藤诳赤汉，应怜颜色述华年。
玲珑透彻琼瑶下，共与儿童仰面看。

癸卯年闰二月十六　清明至谷雨　长安校园

雨中神禾原远眺

  余甚爱神禾原，犹于王曲东原上。每逢初夏，辄往。远望终南叠翠，云气排空；近观菜麦涌碧，光泽畅怀。是日微雨，驱车登原。丘野绿遍，池塘水满，燕子翻飞，芬芳流溢，目接不暇，欣悦满怀，生机盎然。

    细雨微风里，驱车上古原。
    长林浮翠霭，静水漾山岚。
    云气横秦岭，城郭接渭川。
    参差千万户，烟景写长安。

        癸卯年三月初三　谷雨至立夏　神禾原

与诸友品茗

  初春至今,治牙。善友夏生,不辞劳苦,每周二载余往返,感谢难表。是日疗程尽,约于"水中天",希致谢意。于是吃茶论月,亥末乃返。今品茗"水中天",愿夏生饮杯中月,显心中天。以是记之。

    繁华方寸里,素隐水中天。
    入座惜静谧,烹茶忆旧缘。
    尘光歇跬步,玉盏住云烟。
    各饮杯中月,胸怀荡山岚。

癸卯年三月初七　谷雨至立夏　景仁轩

晨霁抒怀

　　习课毕，独步校园。气届初夏，凉意可人。长空月明，银汉云净。思晨曦初绽，碧浪涌霞，旭日喷薄，熏风满怀，而信步于山川无限生机之中，岂非大美！因记之。

风偃纤云净，长空皓月明。
清凉涵永夜，暖煦养中庭。
碧海腾春日，金波照晓晴。
微熏天地畅，信步卓然行。

癸卯年三月二十三　立夏至小满　松荫阁

跋

兄长程宝良的诗集《兰溪步韵》是一部积淀三十余年、辑诗两百余首的作品，可谓上乘之作，我认为经得起时间的检验。

他从手摘云月的追风少年到学养深厚的中年英杰，从未被岁月磨平的是一颗至诚至性的赤子之心。回想《诗经》两千多年以来的诗歌传承，真情纯粹的永恒"诗心"，无疑是这条长河中最璀璨夺目的明珠！

入蓬山之前，兄长之诗是"乾坤谁造化？率性满怀春"的淳朴自然；成家立业前后是"谁言浮生梦，努力但向前""未曾借得东风势，只缘清幽自无边"的壮阔豪迈；访学归来至今是"薪火传承文不老，教学相长道永昌""最是天心月，与吾一路明"的通透洒脱……

兄长之诗堪称"与天地合其德，与日月合其明，与四时合其序"，《兰溪步韵》里时时浮现的是依循天时律令的美好生活，承载的是赓续传统文化的君子情怀。尤为妙绝的是《中秋感怀》《雨中过樊川》《洱海湖畔夜行》《南岩》诸诗之序文，读来纯乎是一篇精粹小品文章，犹如陶渊明之《桃花源记》，又似苏轼之《记承天寺夜游》，甚或兼有郦道元之山水散文与徐霞客之游记，让人在进入诗歌之前，得以先领略其古文造诣，一举两得。

自二十年前与兄一见如故，兄之敦厚温良、谦恭礼敬的品性让人仰慕，与兄对谈如沐春风，永难忘怀。人常言"文如其人"，诗歌概莫能外。一部《兰溪步韵》，涵养化育之功，善莫大焉。

中华传统诗词从内容言博大精深，境界亦高下有别，我自不敢妄加评断。

唯有兄长的那份真诚坦荡、磊落襟怀是了然于胸的。故不揣冒昧,为之跋云。

叶少波

癸卯年七夕于凯悦居

自　跋

　　去年暑假，开始整理日记，将其中的诗稿陆续摘录出来。整理日记，实际上是整理自己。其中的诗稿更是通达心灵却又无法确切言表的部分。

　　对人生和社会的理解，必须经过岁月的沉淀。然而，生命的年轮却将我们的这种理解定格在不同时期。虽然在不同的年龄有不同的感悟，但其中确有一以贯之的东西，从来没有变，那是纯粹属于心灵的内容，甚至不属于世俗中的我。尽管，昔日的稚嫩幼苗今已皮糙肉厚，但阳光下生生不息的嫩柯，依然闪耀着灵魂的光辉。岁月的沉淀，使其更加纯粹。

　　我认为没有在痛苦和煎熬中积极努力、认真抉择的人生是没有太多沉淀的。从小到大，读书升学很顺利，没有经历过挫折。初上班的三年，社会的变革和单位的动荡，让我措手不及。在辞职与就业、怀疑与自信的交替中，我不断地审视自己和社会，这种痛苦，没有经历过的人是难以理解的。痛苦让人学会积极准备和认真抉择。当被动转化为主动时，会感受到来自内在的力量。这种内在的力量会让自己稳重起来。

　　稳重的感觉就是内心踏实。内心踏实了，这种力量才会持续成长。这种力量来源于外在的磨炼，来源于不懈的勤奋，来源于挣脱失败或拥抱成功的经历。此时，再读古人留下的可以称为经典的书，才会有让人热泪盈眶的共鸣。自强不息、厚德载物，这铿锵有力的哲言，也只有在此时才能奉为人生圭臬。当明白勤奋与毅力是至简的方式时，耦合就产生了，这种耦合，给力量赋予了永恒的属性！

至简是生命本然绽放的方式。在至简之中，体会来自生命深处轻漾的喜悦，这种喜悦又滋养着生命。无尽的情怀，至诚而温暖，高远而现实，尽在当下。从此处再去实践那份踏实、那种耦合，当下更加发奋，也勉励未来。

　　诗稿也许是我在不经意、不自觉地尝试表达这些内容。以此为后记，抒发自序中的未尽之言。

　　在此诗稿即将出版之际，衷心感谢责任编辑——太白文艺出版社的白静老师，在与白老师的交流过程中，更加感受到如切如磋、如琢如磨的君子之风。诗稿因她的专业造诣、知识底蕴、诗意眼光而被赋予更多光彩。衷心感谢所有的编辑老师，因为他们对诗稿的精心雕琢，诗稿才能展现在诸位读者面前。

癸卯年五月既望于松隐阁